KB250779

소중한 ＿＿＿＿＿＿＿＿＿＿＿＿＿＿에게

＿＿＿＿＿＿＿＿＿＿＿＿＿가(이) 선물합니다.

＿＿＿＿＿＿＿＿＿＿

해저 2만리

쥘 베른 지음

1828년 2월 프랑스 서부 작은 섬에서 태어난 쥘 베른은 어린시절부터 모험과 바다를 좋아했습니다.
하지만 부모님의 반대로 탐험가로서의 꿈을 이룰 수 없게 되자, 문학을 통해 가슴속의 열정을 뿜어냈습니다.
그 결과 「15소년 표류기」, 「80일간의 세계 일주」 「신비의 섬」 등을 출간했고, '과학 모험 소설의 아버지'라는
칭호를 얻었습니다. 쥘 베른은 1905년 3월, 77세의 나이로 세상을 떠났습니다.

이창건 엮음

강원도 철원에서 태어났습니다. 「아동문예」에 동시가 당선되어 작품 활동을 시작하면서
어린이들과 가까워졌습니다. 그동안 시집 「풀씨를 위해」 「나무는 어떻게 사나」 「비는 하늘에도 내린다」
등을 펴내 대한민국문학상 · 한국아동문학상 등을 받았습니다.

2021년 11월 25일 2판 6쇄 **펴냄**
2011년 8월 25일 2판 1쇄 **펴냄**
2006년 6월 1일 1판 1쇄 **펴냄**

펴낸곳 (주)효리원
펴낸이 윤종근
지은이 쥘베른
엮은이 이창건 · **그린이** 하영호
등록 1990년 12월 20일 · **번호** 2-1108
우편 번호 03147
주소 서울시 종로구 삼일대로 457, 1206호
전화 02)3675-5222 · **팩스** 02)765-5222

ⓒ 2006, (주)효리원

ISBN 978-89-281-0135-1 64880

이메일 hyoreewon@hyoreewon.com
홈페이지 www.hyoreewon.com

해저 2만 리

쥘 베른 지음
이창건 엮음 / 하영호 그림

효리원
hyoreewon.com

바다, 바다는 태양이 떠오르는 곳이지요. 그곳은 희망이 솟는

곳이기도 합니다. 바다는 또한 미지의 세계에 대한 동경의

대상으로, 모험이 손짓하는 곳이기도 하지요. 신화와 전설의

세계를 품은 곳이기도 하고요.

그런데 바닷속에는 누가 살고 있을까요? 용왕님, 자라,

인어 공주, 아니면 예쁜 물고기들……. 아마 우리들은

이런 생각을 할 것 같아요.

바닷속은 생각만 해도 참 아름다운 곳입니다. 그런데 실제로

바닷속에 들어가서 산책을 한다고 상상해 보세요. 출렁이는

파도와 밑바닥이 보이지 않을 정도로 깊은 바다, 아름다운

산호와 형형색색의 물고기들. 정말 신나는 모험이 되겠지요?

『해저 2만 리』는 약 100여 년 전에 쓰인 작품입니다.

과학이 무서운 속도로 발달하고 있을 때 쥘 베른의 공상은 꽃을

피웠습니다. 지금 생각해 보면 유치하다고 여길지 모르지만

그가 꿈꾸던 것들은 이미 이루어졌거나 현재 이루어지고

있습니다. 잠수함, 해저 목장, 해저 산책, 해저 주택, 해저 자원

개발 같은 것들이 우리들 눈앞에 펼쳐지고 있는 것이지요.

미국의 원자력 잠수함 제1호가 『해저 2만 리』를 본떠 '노틸러스

호'라고 이름 붙인 것도 벌써 옛날 이야기가 되었답니다.

『해저 2만 리』는 어린이들의 마음을 설레게 합니다. 특히

어린이들의 마음속에 용기와 희망, 지혜와 사랑을 안겨 주지요.

또 많은 어린이들에게 모험과 신비와 우정을 선물하기도 하고요.

노틸러스 호를 타고 떠나는 바닷속 2만 리의 여행은

참으로 놀랍고 신비한 세계를 맛보게 해 줍니다. 숨막힐 정도로

아름다운 바닷속 풍경, 생전 처음 보는 바다 생물들이 펼치는

화려한 춤, 과학적인 상상력은 책을 읽는 재미를 더해 줍니다.

네모 선장이 조용히 우리들을 노틸러스 호로 초대합니다.

우리들을 안내해 줄 아로낙스 교수도 마냥 들떠 있습니다.

어린이 여러분, 함께 떠나 볼까요? 『해저 2만 리』의 깊은

바닷속으로, 신비한 바닷길로 여행을 떠나 봅시다.

우리들의 미래는 바다에 있습니다.　　　　엮은이 이 창 건

제2부 신비한 해저 여행

| 제1부 |

노틸러스 호

바다 괴물 논쟁

1866년 그 해, 전 세계를 공포에 떨게 만든 한 사건이 있었다.
그것은 정말 설명할 수가 없는 수수께끼 같은 사건이었다.
바다 한가운데에서 정체를 알 수 없는 괴물이 나타나 배를
공격한다는 것이었다. 길이가 60미터 정도 되는 고래라고
말하는 이도 있고, 폭이 300미터, 길이가 900미터에
이른다고 과장되게 말하는 이도 있었다. 그렇지만 모든
사람이 한결같이 말하기를 거대한 고래 또는 괴물이라고
했다. 한편 어떤 사람들은 해저 화산의 폭발로 생긴
매우 큰 암초일지도 모른다고 하였다.

어쨌든 괴물의 속도가 엄청나게 빨라서 모든 일이 순식간에
벌어지고 있었다. 그래서 이제 뱃사람들은 바다에 나가는
것을 두려워하게 되었다.

1866년 7월 20일에는 오스트레일리아 동쪽을 항해하던
'가브너히진슨 호'가 이 괴물을 실제로 만났다. 이 배의 선장
베이커는 괴물이 뿜는 물기둥이 45미터나 치솟았다고 했다.
사흘 뒤인 7월 23일에는 태평양에서 '크리스토발콜론 호'가
똑같은 일을 겪게 되었다.

이렇게 연이어 들려오는 소식들과 대서양을 정기적으로 오고
가는 '라페레르 호'에서 관찰했던 목격담, 그리고 '레트나
호'와 괴물의 충돌 사건들은 전 세계 여론을 들끓게 했다.
그 중 영국 커나르가 이끄는 선박 회사가 있었는데,
커나르의 상선은 20년 동안 한 번도 항해를 거른 적이 없었다.
늦게 도착하는 사고도 한 번 없었고, 편지나 소포를 빠뜨린
적도 없었으며, 인명 사고도, 배의 피해도 전혀 없었다.
그래서 많은 사람들은 커나르의 선박으로 안전하게 여행을
하고 싶어했다. 그런데 1867년 4월 13일, 커나르 상선에서
가장 훌륭한 선박이었던 스코티아 호가 승객을 태우고
항해를 하던 중 그 바다 괴물을 만나게 되었다. 스코티아 호는

괴물의 공격을 받아 배 밑에 구멍이 뚫렸다. 하지만 다행히
침몰하지는 않았다. 되돌아온 스코티아 호는 바로 수리에
들어갔는데, 흘수선(배가 물에 잠기는 한계선) 아래로
삼각형 모양의 틈새가 벌어져 있었다. 승객들은 가장
안전하다고 믿었던 커나르의 상선마저 괴물의 공격을 받게
되자 이제 어떠한 배도 안심할 수 없다고 여기게 되었다.
실제로 그 해 소식 없이 침몰한 배가 무려 200척이나 되었다.
1867년, 온 세계는 이 괴물로 많은 논쟁을 벌였으며,
또한 많은 의문을 제기했다. 어떤 이들은 괴물이
크라켄(북유럽 전설에 나오는 바다 괴물로, 문어를 닮았다)이라
하기도 하고, 바다뱀이라 하기도 하고, 모비딕이라 하기도
했다. 하지만 어떤 사람도 이 괴물의 실체를 알아 낼 수는
없었다. 논쟁은 두 종류로 나누어졌는데, 그 중 하나는 엄청난
힘을 가진 괴물과, 강력한 엔진을 장착한 잠수함이라는
것이었다. 그러나 한두 사람의 힘으로 그처럼 뛰어난
잠수함을 만들 수는 없다는 결론에 이르자, 두 번째 의견을
지지하던 목소리들이 사라지게 되었다. 그 무렵 나는 미국
네브래스카 지방에서 프랑스로 돌아오던 중이었다. 나는
뉴욕 호텔에 머물면서 이 괴물이 일각돌고래일 것이라는

주장을 내놓았다. 그런데 이 괴물이 일각돌고래일 것이라는
나의 주장은 순식간에 전 세계에 큰 논란을 불러일으켰다.
아직 뚜렷한 확신을 가지지 못한 많은 사람들이 내 의견에
동의를 했다. 그러나 나는 그 괴물이 일각돌고래라고 주장은
하지만, 변종된 어떤 거대한 생명체일 수도 있다는 가정을
붙이기도 했다. 그럼에도 모두들 차츰 그 괴물이 거대한
일각돌고래일 것이라고 생각하게 되었다. 이러한 여론이
일게 되자 미국이 가장 먼저 그 일각돌고래를 잡겠다고
나섰고, 곧 원정대가 만들어졌다. 그 원정대를 이끌 배의
이름이 바로 고속 프리깃함인 에이브러햄 링컨 호였다.

원정대 에이브러햄 링컨 호

패러컷 함장이 이끄는 에이브러햄 링컨 호는 곧 태평양을
향해 출항할 준비를 서둘렀다. 패러컷 함장은 에이브러햄
링컨 호에 거대한 일각돌고래를 잡는 데 쓰는 무기들을
빠짐없이 실었다. 그 어떤 포경선도 이보다 더 훌륭하게
준비할 수는 없었다. 손으로 던지는 작살, 총으로 발사하는
가시 박힌 철사, 사냥용 산탄 총알에 이르기까지
세상에 알려진 무기들은 모두 갖추고 있었다.
게다가 앞 갑판에는 아주 두꺼운 쇠로 만든 커다란
포신도 장착되었다. 에이브러햄 링컨 호는 그야말로 모든

파괴 수단을 완벽하게 갖춘 배였다. 그렇지만 에이브러햄

링컨 호가 바다로 나간 지 두 달이 다 되어도 괴물의 모습은

보이지 않았다. 에이브러햄 링컨 호는 아무런 소득도 올릴

수가 없었다. 어떠한 배도 그 후 괴물을 보았다는 소식을

전하지 않았다. 마치 괴물이 자신을 잡으려고 에이브러햄

링컨 호가 나선 것을 알고 숨어 버린 것만 같았다.

그렇게 두 달이 지난 7월 3일, 다시 괴물을 보았다는 배가

나타났다. 그 배는 캘리포니아와 샌프란시스코 사이를 오가는

정기선이었는데, 3주 전쯤 북태평양에서 괴물을 보았다고

했다. 에이브러햄 링컨 호는 즉각 그 곳으로 출발하기로 했다.

에이브러햄 링컨 호가 브루클린 독을 떠나기 세 시간 전

나는 편지를 한 통 받았다.

아로낙스 교수님께

당신께서 '에이브러햄 링컨 호'의 원정대와 함께하기를 원하신다면

미국은 당신께서 프랑스를 대표해서 이 원정에 참가했다는 사실에

만족할 것입니다. 패러것 함장은 당신을 위해 이미 선실을 하나 준비해

두었습니다. 감사합니다.

해군 제독 J. B. 홉슨

나는 편지를 받고 하인이자 조수인 콩세유와 함께

에이브러햄 링컨 호에 탑승하기로 하였다.

콩세유는 내 곁에서 나를 도와 주는 충실한 젊은이였다.

그는 침착하고 언제나 자기 자신에게 엄격했다.

그리고 모든 일에 열성적이었다.

한편 그는 자연사를 분류하는 데에 뛰어나기도 했다.

우리는 호텔을 떠나 마차를 타고 브루클린 독 부두로 향했다.

패러것 함장이 몹시 서두르고 있었기 때문에 조금만

늦었더라면 에이브러햄 링컨 호에 탑승하지 못할 뻔했다.

그리고 만약 그렇게 되었다면 우리는 기상천외하고

신비스럽고 놀라운 경험을 하지도 못했을 것이다.

"출발!"

패러것 함장이 목청을 높여 외쳤다. 그러자 기관사들이

시동용 바퀴를 움직였고, 곧이어 기적을 울렸다. 부둣가에는

에이브러햄 링컨 호를 보러 나온 수많은 사람들로

북적거렸다. 많은 사람들이 하늘을 향해 에이브러햄

링컨 호의 출항을 축하하는 폭죽을 쏘아 올렸다. 또 페리보트

100여 척과 작은 기선들이 에이브러햄 링컨 호 주위에서

환호성을 울리며 프리깃함을 응원해 주었다. 에이브러햄

링컨 호는 위엄 있게 그 페리보트와 작은 기선들 사이를

헤쳐 나갔다. 우리에게 바다는 미지의 세계였다. 바닷속 깊은

그 곳에서 무슨 일이 일어나는지, 어떤 생물들이 살고 있는지,

그 생물들의 기관은 어떻게 생겼는지, 우리들은 잘 알지

못한다. 그저 모든 것을 추측으로 말할 뿐!

작살왕 네드 랜드

승무원들은 일각돌고래를 잡아 갑판 위로 끌어올릴
생각만으로도 가슴이 부풀어올랐다. 그들은 아주 주의 깊게
바다를 감시했다. 더욱이 패러것 함장은 소년 선원이나
기간선원, 갑판장이나 장교를 막론하고 누구든지 괴물을
알리는 사람에게는 2,000달러의 상금을 주겠노라고 하였다.
그래서 승무원들은 더더욱 눈에 불을 켜고 바다를
지켜보았다. 그렇지만 오직 콩세유만은 모두를 흥분시키고
있는 이 문제에 무관심했다.
이 배에는 작살왕 네드 랜드가 타고 있었다. 그는 캐나다

사람이었는데, 작살을 아주 잘 다루었다. 작살로 고기를 잡는 실력에서 그를 따라올 사람은 없었다. 그래서 패러컷 함장은 그에게 크게 기대를 걸었다.

네드 랜드는 작살을 다루는 뛰어난 솜씨만큼이나 냉정한 모습으로 바다를 지켜보고 있었다. 네드 랜드는 마흔 살쯤 되어 보였다. 키는 180센티미터가 넘었으며, 신체가 억센 전형적인 뱃사람이었다. 그는 평소에는 온순했지만 화가 나면 난폭해지기도 했다.

그 해 7월 20일, 에이브러햄 링컨 호는 남회귀선을 넘고, 27일에는 적도를 통과했다.

에이브러햄 링컨 호는 태평양의 중심을 향해 달리고 있었다. 배는 북태평양의 모든 해역을 석 달 동안이나 누비고 다녔다. 일본 연안에서부터 아메리카 해안에 이르기까지 단 한 지점도 탐사에서 빠뜨리지 않았다. 그런데 아무것도 나타나지 않았다. 오직 보이는 것은 끝이 없는 바다뿐이었다. 거대한 일각돌고래든 바다 괴물이든 그 어떤 것도 나타나지 않았다. 그러자 승무원들이 화를 내기 시작했다. 분노한 승무원들은 그 동안 자신들의 어리석은 행동에 대해 불만을 토로하기 시작했다. 그리고 이 쓸데없는 탐사가 더 이상 지속되어서는

안 된다고 수군거렸다. 이러한 선원들의 생각이 패러컷

함장에게 전달되었지만 함장은 아무런 말도 하지 않았다.

선원들의 불만은 걷잡을 수 없이 커졌고

배 위의 질서는 엉망이 되어 버렸다.

폭동이 일어날 것 같았다.

패러컷 함장은 더 이상 승무원들의 요구를 묵인하고 있을

수만은 없었다. 뭔가 결단을 내려야 했다.

그래서 패러컷 함장은 11월 3일에 선원들에게 3일 동안만

여유를 달라고 요청했다. 만일 약속한 3일 안에 괴물이

나타나지 않으면 에이브러햄 링컨 호는 키를 돌려

유럽으로 가기로 하였다. 그리고 이틀이 지났다.

그렇지만 괴물은 여전히 모습을 드러내지 않았다.

에이브러햄 링컨 호의 분위기는 침울했다.

그런 가운데에서도 항해는 계속되었다.

약속한 날인 11월 5일. 마침내 마지막 날이 되었다.

정오가 지나자 패러컷 함장은 유럽을 향해 남동으로

항로를 돌릴 준비를 하였다. 밧줄 더미에 걸터앉아

마지막까지 바다를 지켜보고 있던 승무원들도 하나 둘

안으로 들어가 버렸다.

우리는 뱃전 오른쪽 난간에 기대어 앉아
이야기를 나누고 있었다.
"이보게 콩세유, 오늘이 2,000달러를
손에 넣을 수 있는 마지막 기회인데
아무래도 헛일이 될 것 같으이."
"주인님, 저는 처음부터 상금에 욕심을
낸 일이 없습니다.

다만, 한 가지 걱정되는 것은 이 일로 주인님께서

몹시 곤란해지실지도 모른다는 것입니다."

"자네 말이 맞네. 너무 경솔했어. 우린 벌써 6개월 전에

프랑스로 돌아가 있었을 텐데 말이야."

"주인님의 아파트와 주인님의 박물관으로요!"

콩세유가 대꾸했다.

"저는 또 주인님의 화석들을 벌써 분류해 놓았을 것입니다."

"자네가 말한 대로네."

그 때, 네드 랜드의 고함 소리가 들려왔다.

"괴물이다. 바람이 불어오는 쪽 측면이야."

네드 랜드의 고함 소리에 우리들은 하던 이야기를 멈추었다.

네드 랜드는 계속해서 문제의 괴물이 나타났다고 소리를

질러 댔다. 네드 랜드의 목소리를 듣고 선실로 들어갔던

다른 승무원들도 서둘러 갑판으로 나왔다.

네드 랜드 주위에 모여든 선원들은 그가 가리키는 쪽을

뚫어져라 쳐다보았다.

아주 멀리서 검은 물체가 바다 위로 모습을 드러냈다 숨었다

반복하며 다가오고 있었다. 가끔씩 두 개의 물줄기를

뿜어 올렸는데, 그 높이가 40미터쯤은 되어 보였다.

바다 괴물의 정체

물 속에서 헤엄치고 있는 괴물은 알 수 없는

빛을 뿜어 내고 있었다.

그 괴물은 에이브러햄 링컨 호를 향해 다가오고 있었다.

패러컷 함장은 바람 부는 쪽으로 키를 돌리게 했다.

그리고 왼쪽으로 돌면서 반원을 그렸다. 그러자 바다 괴물이

빠른 속도로 달려왔다.

함장은 다시 배를 오른쪽으로 돌리게 했다.

괴물과의 거리가 너무 가까워도 안 되기 때문이었다.

그런데 배가 멀어지려고 하면 할수록 괴물은 배보다 두 배나

빠른 속도로 더 가까이 다가왔다. 에이브러햄 링컨 호를
따라잡은 바다 괴물은 프리깃함을 한 바퀴 빙 돌고는
3~4킬로미터 멀어져 갔다.

날이 어두워졌다.

선장은 날이 밝기를 기다리기로 하였다. 그러나 자정
무렵 그 괴물이 사라졌다는 소식이 전해졌다. 그리고
아침 8시 짙은 안개가 바다 위에서 서서히 걷히고 있을
무렵, 다시 네드 랜드의 다급한 목소리가 들려왔다.

"그놈이다! 뒤쪽 왼편이야."

모두의 시선이 네드 랜드가 가리키는 곳으로 향했다.
괴물의 크기는 소문과는 달리 약 75미터 정도
되어 보였다.

"최고 속력으로!"

함장의 목소리와 함께 전투 준비가 시작되었다.
괴물은 달아나고 있었고 고속 프리깃함은
그 바다 괴물을 뒤쫓고 있었다. 그런데 괴물의 모습이
왠지 우리들을 어디론가 유인하려 하는 것이 아닌가
하는 생각이 들었다.

약 45분 동안 거리를 더 이상 좁히지도 않으면서

에이브러햄 링컨 호는 괴물을 쫓고 있었다.

괴물과의 거리가 6미터쯤 되었을 때 네드 랜드가 준비하고
있던 작살을 던졌다. 작살은 목표에 명중했다. 그런데 단단한
무언가에 부딪힌 것처럼 작살이 '탕' 하고 튕기면서
그대로 미끄러져 바다에 빠져 버리고 말았다.

네드 랜드는 자신의 실수를 믿을 수 없다는 표정이었다.
그 순간 성난 괴물이 에이브러햄 링컨 호를 향해 달려와
들이받았다. 무서운 충격이었다. 배가 크게 요동치면서
바닷물이 배 안으로 들어왔다.

그 때문에 난간에 서 있던 나는 바다로 떨어지고 말았다.
살려 달라고 소리쳤지만 그 소리는 파도에 묻혀 버렸다.
에이브러햄 링컨 호가 차츰 멀어지더니 마침내 표시등마저
사라져 버렸다. 배는 보이지 않았다.

나는 숨이 가빠 오고 서서히 몸이 가라앉는 것을 느꼈다.
'이제 끝이구나.' 하는 생각이 들었다. 그런데 그 때 누군가
내 몸을 들어올렸다.

"주인님, 괜찮으십니까?"

"어어, 콩세유 자네로군. 고맙네, 고마워."

"제 어깨에 기대십시오. 그러면 헤엄치시기가 한결

쉬울 것입니다."

"자네도 그 충격에 바다로 내던져진 건가?"

"아닙니다. 전 주인님을 모시기 위해 주인님 뒤를 따라
바다로 뛰어들었습니다."

콩세유는 아주 당연하다는 듯이 말했다.

"에이브러햄 링컨 호는 괴물에 부딪혀 스크루(배를 앞으로
나아가게 하는 장치)와 키가 부서졌습니다. 지금 프리깃함은
어떻게 할 수가 없습니다."

콩세유의 얘기를 듣고, 이제 우리는 바다에서 낙오자가
되었다는 것을 알게 되었다. 하지만 콩세유는 그리
비관적으로 보이지 않았다. 우리는 번갈아 헤엄을 치면서
혹시 올지 모르는 구명보트를 기다리기로 하였다.

새벽 1시쯤 되자, 극심한 피로와 함께 몸이 심하게 떨리기
시작했다. 콩세유는 그런 나를 지탱해 주었다.

그러나 얼마 지나지 않아 콩세유의 숨소리도 짧아져 가고
있었다. 눈앞이 흐려지는 가운데 우리는 네드 랜드의
목소리를 들었다. 처음엔 잘못 들은 것이라고 생각했지만,
다시 네드 랜드의 목소리가 들려왔다. 네드 랜드는
구명보트가 아닌 거대한 괴물의 등에 타고 있었다.

괴물은 차츰 나와 콩세유 옆으로 다가왔다.

네드 랜드의 도움으로 우리도 괴물의 등에 올라탈 수 있었다.

그도 배가 괴물에 부딪힐 때 배에서 떨어졌지만,

다행히 바다가 아닌 괴물의 등에 떨어졌기 때문에 힘들여

헤엄을 치는 일은 없었던 것이다.

네드 랜드는 자신의 작살이 빗나간 이유를

나에게 설명하기 시작했다.

"교수님, 이 괴물은 단단한 금속판으로 만들어진 것입니다.

그러니 제 작살이 튕겨 나갈 수밖에요."

"그럼 잠수함인가!"

괴물의 등이 부드러운 동물의 가죽이 아닌 금속판으로

만들어졌다니! 네드 랜드의 이야기를 듣고는 몹시 놀랐다.

전 세계 학계의 이목을 집중시키고 동서양의 모든 선원들의

상상력을 불러일으켰던 일각돌고래의 정체가 인간이 만든

잠수함이라니 도저히 믿을 수가 없었다.

그 때 잠수함이 물 속으로 들어가려 하고 있었다.

우리들은 철판이 울리도록 '쿵쿵' 발을 굴렀다. 스크루 소리가

크게 울렸기 때문에 그 방법밖에는 우리들이 위에 있다는

사실을 전달할 길이 없었다.

움직이는 것 속의 움직이는 물체

잠시 후 복면을 한 여덟 명의 사람들이 나타나서
우리들을 잠수함 안으로 데리고 들어갔다. 우리는 캄캄하고
어두운 선실에 갇혔다. 네드 랜드는 몹시 화를 내었고,
나는 그런 네드 랜드를 진정시키려 애썼다. 하지만 나 역시
알 수 없는 공포감에 사로잡혔다.
도대체 여기가 어딘가? 나는 콩세유와 함께 우리들이
갇혀 있는 선실 안을 손으로 더듬어 보기도 했다.
그렇게 30분쯤 지나고 갑자기 선실에 불이 들어왔다.
우리는 눈이 부셔 제대로 눈을 뜰 수가 없었다. 문이 열리더니

두 사내가 들어왔다. 두 사람 중 한 사람은 선장 같아 보였다.
선장으로 보이는 사나이가 우리들을 날카로운 시선으로
쳐다보더니 알아들을 수 없는 말로 얘기를 주고받았다.
우리는 초조해하며 그들을 지켜보았다.

그 때 선장으로 보이는 사나이가 나에게 말을 하라는 눈짓을
보내 왔다. 나는 내가 알고 있는 모든 말로 지금 우리가 처한
상황을 설명했다. 그렇지만 두 사람은 그 말을 알아듣지
못하는 것 같았다. 참다 못한 네드 랜드가 손짓 발짓을 동원해
"지금 우리는 몹시 배가 고프다."라고 말했다.

하지만 그것도 알아듣지 못하는지 두 사람의 얼굴에는
아무런 변화가 없었다.

"제가 독일어로 한번 말해 볼까요?"

콩세유가 말했다.

"독일어를 알았던가?"

"저는 플랑드르 출신이니까요."

"어서 말해 보게."

콩세유가 독일어로 침착하게 설명했다. 하지만 두 사람은
여전히 아무것도 알아듣지 못하겠다는 표정으로
선실을 나가 버렸다.

화가 난 네드 랜드는 고래고래 소리를 질러 댔다.

두 사내가 나가고 얼마쯤 지나서 사환이 들어왔다.

그리고 옷과 음식들을 탁자 위에 올려놓았다.

우리는 음식을 허겁지겁 먹었다. 그 맛은 한 번도 먹어 보지

못한 특별한 맛이었다. 요리의 재료가 생선인지, 아니면

동물 요리인지 알 수는 없었다.

식기는 고급스럽고 고상한 것들이었다.

스푼, 포크, 나이프, 접시 등 모든 식기에는

'MOBILIS IN MOBILI N' 이라는 똑같은 글자들이

쓰여 있었다. 그것은 '움직임 속에 움직임이 있다' 라는

뜻이었다. 아마도 이 글자는 잠수함을 뜻하는 것 같았고,

마지막에 쓰여 있는 N은 선장의 이름 첫 글자를 딴 것으로

보였다. 하지만 콩세유와 네드 랜드는 아무 생각 없이

그저 먹기에 바빴다.

배가 부르자 제일 먼저 네드 랜드가 잠에 떨어졌다.

그리고 콩세유도 곧 잠이 들었다. 오랫동안 긴장되고

피로했으므로 졸음이 올 만도 했다.

나도 그들의 코 고는 소리를 듣고 있다가 그들처럼

곧 잠이 들었다.

네모 선장

잠에서 깨어나니 가슴이 답답했다. 아마도 배에 공기가
충분하지 못한 것 같았다. 공기가 매우 탁해서 더 이상
숨쉬기가 곤란할 지경이었다.

그러다 갑자기 어디선가 짠 냄새가 들어왔다. 그러면서 배에
신선한 공기가 채워지고 한결 숨쉬기가 편해졌다.

뱃사람 네드 랜드가 자리에서 일어나며 말했다.

"지금 바닷바람을 들이키고 있는 것 같은데요?"

역시 그는 뱃사람다운 후각을 지니고 있었다. 그리고 나서
꽤 오랜 시간이 지났다고 생각되는데도 다시 음식을 가져오지

않았다. 네드 랜드가 다시 화를 내며 선실 문을 두드렸다.

"이들은 우리를 굶겨 죽이지 않을 걸세.

그러니 조금만 더 기다려 보도록 하지."

내가 네드 랜드를 타일렀지만, 그래도 네드 랜드의 화는

가라앉지 않았다. 그 때 사환이 문을 열고 들어섰다. 화가 난

네드 랜드는 사환을 향해 달려들었다. 나와 콩세유가

말렸지만 그의 힘을 당해 낼 수 없었다.

사환이 거의 반쯤 질식한 상태가 되어서야 겨우

네드 랜드를 떼어 놓을 수 있었다. 그 때 귀에 익은 프랑스 어

목소리가 들려왔다.

"진정하시오, 네드 씨. 그리고 교수님."

그 목소리는 선장의 목소리였다. 이 말을 듣고 네드 랜드가

벌떡 몸을 일으켰다. 사환은 선장의 지시에 비틀거리면서

밖으로 나갔다.

"나는 프랑스 어, 독일어, 영어, 그리고 라틴 어 등을 할 줄

압니다. 처음 여러분을 만났을 때 답변을 드릴 수 있었지만

당신들의 신분을 알고 나서 나는 오랫동안 망설였습니다.

당신들은 나의 적입니다. 하지만 나는 당신들을 이 곳에

머물게 하기로 하겠습니다. 그것은 당신들의 운명이 당신들을

이 곳에 던져 놓았기 때문이죠. 아주 상대적이긴 하지만
당신들은 이 곳에서 자유로울 수 있을 것입니다.
그러나 한 가지 조건에 약속을 해 줘야 합니다."
나는 조건이 무엇인지 물었다.
"어떤 예상치 못한 사건이 생길 경우 나는 여러분들을
몇 시간 또는 며칠 동안 선실에 가두어 둘 것입니다.
절대 폭력을 쓰고 싶지 않기 때문에 미리 말하는 것입니다.
이것이 나의 조건입니다."
"그 조건을 받아들이지 않는다면 우리는 바닷속으로
던져지는 것입니까?"
"그렇습니다. 원래대로 돌아가는 거지요."
나는 현재 우리들의 처지에서는 선장의 조건을 받아들일
수밖에 없다는 것을 알았다. 그것은 선택이 아니었다.
"좋습니다. 그런데 한 가지 질문이 있습니다.
당신을 어떻게 불러야 하지요?"
선장은 잠시 생각하더니 입을 열었다.
"네모 선장!"
네모라는 말은 '존재하지 않는 자'를 뜻하는 말이었다.
네드와 콩세유는 식사를 하러 그들의 선실로 안내되었다.

그리고 나는 네모 선장의 뒤를 따라갔다.

"자, 가시지요. 아로낙스 교수님."

두 번째 문을 열자 검소하게 꾸며 놓은 식당이 나타났다.

식당에는 검은 보석 장식을 박아 넣은 높다란 떡갈나무

찬장이 실내 양쪽 끝에 세워져 있었다. 물결 모양이 새겨진

선반에는 가격을 알 수 없는 도자기류와 유리 제품들이

반짝거리고 있었다. 또 식당 한가운데에는 풍성하게 차려진

식탁이 놓여 있었다.

"앉으시지요."

식단은 바다에서 구할 수 있는 재료의 요리들로 꾸며져

있었다. 어디서 구해 왔는지 알 수 없었으나 식사는

매우 훌륭했다.

"이 요리들 대부분은 당신이 모르는 것들입니다.

하지만 마음놓고 드셔도 됩니다. 나는 오래 전부터 육지의

음식에는 손을 대지 않았습니다. 그렇다고 건강이 나빠지지도

않았습니다. 나와 다른 승무원들은 다른 음식은 전혀

먹지 않습니다."

"이것들이 다 해산물이란 말인가요?"

"그렇습니다. 바다는 내가 필요로 하는 모든 것을 준답니다.

가끔 나는 인간으로선 접근할 수 없는 것처럼 보이는

바닷속으로 사냥을 나가기도 하고, 또 나의 해저 목장에서

사냥감들을 양식하기도 합니다. 나의 어족들은 끝없는

바다 목장에서 마음껏 풀을 뜯어 먹고 있습니다.

그리고 바다에는 내가 개척한 거대한 영토도 있습니다."

나는 다소 놀란 표정으로 네모 선장을 바라보았다.

그리고 그에게 말했다.

"신선한 생선들을 당신의 식탁에 공급해 준다는 것은

이해가 갑니다. 하지만 해저 목장에서 수중 사냥감을

뒤쫓는다는 사실은 좀 이해하기가 힘들군요."

나는 접시에 남아 있는 고기 몇 조각을 가리키며 말했다.

"이것은 고기가 아닌가요?"

"교수님, 당신이 고기라고 믿는 그것은 바다거북의 고기이며

돌고래의 간입니다. 저는 육지의 동물 고기는 전혀 먹지

않습니다. 이 음식들을 모두 맛보십시오. 이것은 말레이시아

사람들이 제일이라고 하는 해삼 조림, 이것은 고래 젖을 짜서

만든 크림, 설탕은 북해의 큰 바닷말에서 추출합니다.

또 아주 맛있는 과일 조림에 견줄 만한 말미잘 조림도

드셔 보십시오."

내가 이것저것 맛을 보는 동안 네모 선장은 거짓말 같은

이야기를 계속 했다.

"당신이 입고 있는 옷감은 일부 조개류에서 뽑은 실로

만들었으며, 자주조개로 물들인 것입니다. 화장실에 있는
향수는 해양 식물에서 추출한 것이며, 당신의 침대는 아주
부드러운 바다 거머리말로 만들었습니다. 펜은 고래수염,
잉크는 오징어류가 분비하는 액체로 만든 것입니다.
이 모든 것은 바다에서 오고, 또 바다로 돌아갑니다."
"선장님께서는 바다를 사랑하시는군요."
"물론입니다. 나는 바다를 사랑합니다. 바다는 모든 것입니다.
바다에는 1만 3,000여 종이 넘는 수많은 동물들이 있습니다.
그 중 민물에 속하는 것은 단지 10분의 1에 지나지 않습니다.
바다는 자연의 거대한 저수지입니다. 지구가 시작된 곳이
바다이고, 또 지구는 바다에서 종말을 맞을지도 모릅니다.
바다는 독재자들의 지배를 받지 않습니다.
아로낙스 교수님, 오직 바다에만 자유가 있습니다.
바다의 품에서 사십시오."
네모 선장은 열변을 토하고는 입을 다물었다. 평소의 평정을
잃었던 것인지, 그는 한동안 흥분된 상태로 서성거렸다.
그러다 침착함을 되찾으면서 냉정한 모습으로 돌아왔다.
"아로낙스 교수님, 이제 노틸러스 호를 둘러보고 싶으시다면
제가 안내하지요."

박물관 같은 노틸러스

네모 선장의 뒤를 따라 식당 뒤쪽에 설치된 이중 문을 열고
방으로 들어섰다. 서재였다. 누런 구리를 박은 높다란 검은
서가에 엄청난 양의 책이 꽂혀 있었다. 책장들은 벽을 따라
사방을 둘러싸고 있었으며, 아래쪽엔 널찍한 소파들이 놓여
있었다. 붙였다 떼었다 할 수 있는 이동식 탁자들이 있어서
책을 올려놓고 읽을 수 있었다. 천장 소용돌이 무늬 사이에
반쯤 박힌 네 개의 전등이 방을 환하게 비추고 있었다.
방이 아주 세련되게 꾸며져 있어서 감탄하지 않을 수 없었다.
"네모 선장님, 이건 정말 대륙의 궁전에나 어울릴 만한

서재로군요. 이 서재가 바닷속 깊은 곳까지 당신을
따라다닌다고 생각하니 정말로 감탄하지 않을 수 없습니다."
"여기엔 1만 2,000권의 책들이 있습니다. 나를 육지와
묶어 주는 유일한 끈이라고 할 수 있지요. 그렇지만 나의
노틸러스 호가 처음 물 속으로 잠수하던 날, 나는 세상과의
관계를 끝냈습니다. 그 날 나는 마지막으로 책들과 팸플릿,
신문들을 사들였습니다. 그 날 이후로 나는 인류가
생각도 하지 않고 글도 쓰지 않는다고 믿고 싶어합니다.

교수님, 이제 이 책들은 당신 것입니다. 당신은 이 책들을
마음껏 사용하실 수 있습니다."

나는 서가로 다가갔다. 그 곳에는 온갖 언어로 쓰인
과학 서적, 윤리 서적, 문학 서적들이 있었다. 그렇지만
정치 경제학에 관련된 서적은 한 권도 볼 수 없었다.
고전과 현대를 아우르는 대문호들의 걸작들로, 호메로스에서
빅토르 위고에 이르기까지, 크세노폰에서 미슐레까지,
라블레부터 조르주 상드까지, 역사, 시, 소설 및 과학에
있어서 인류가 생산해 낸 가장 훌륭한 작품들이었다.
서재의 대부분은 기계학, 탄도학, 수리학, 기상학, 지리학,
지질학 같은 과학 서적들이었다. 나는 네모 선장의
주요 연구 과제가 무엇인지 짐작할 수 있었다. 나는 신비로운
노틸러스 호를 탐사하는 일을 더 이상 늦추고 싶지 않았다.
"선장님, 이 서재를 이용할 수 있게 해 주신 것에 대해
감사드립니다. 여기에는 과학의 중요한 단서들이 있습니다.
나는 이것들을 통해 많은 도움을 받을 것입니다."
"이 방은 단순한 서재가 아닙니다.
여기는 흡연실이기도 합니다."
"흡연실이라고요? 그럼 담배를 피울 수 있단 말입니까?"

"물론입니다."

네모 선장이 시가를 하나 내밀며 말했다.

"니코틴이 풍부한 일종의 해초입니다.

이것 역시 바다가 제공한 것이지요."

네모 선장은 서재로 들어왔던 문과 마주 보는 문을 열었다.

화려하게 불이 밝혀진 널따란 살롱이 나왔다. 벽이 비스듬한

커다란 사변형의 방이었다. 밝은 천장은 아라베스크 무늬로

장식되어 있어 박물관 안에 쌓여 있는 모든 걸작품들을 밝게

비추고 있었다. 30여 점이나 되는 대가들의 작품들이 벽에

걸려 있었다. 그것들 사이에는 반짝이는 장식들도 진열되어

있었다. 그 그림들은 대부분 유럽의 특별한 소장품들이나

미술품 전시회에서 감상할 수 있었던 것들이었다.

"당신은 예술가입니까?"

"기껏해야 애호가일 뿐입니다. 예전에 나는 인간의 손에서

창조된 이 아름다운 작품들을 수집하기를 좋아했습니다.

하지만 지금 내게 이것들은 죽어 버린 육지의 마지막

기념품들에 지나지 않습니다."

"그럼 이 음악가들은 어떻습니까?"

나는 살롱의 벽 하나만큼을 차지하고 있는 대형 피아노 위에

흩어져 있는 수많은 작곡가들의 악보를 가리키며 물었다.

"그들은 오르페우스와 같은 시대의 음악가들입니다. 연대의 차이란 것은 죽은 사람들의 기억 속에서는 사라지기 마련이지요. 그리고 나도 죽었습니다. 땅 속 2미터에서 휴식을 취하고 있는 당신의 친구들처럼 말입니다."

네모 선장은 말을 멈추더니 깊은 상념에 잠겼다.

나는 이 곳을 화려하게 장식하고 있는 진기한 물건들을 찬찬히 둘러보았다. 예술 작품들 곁에는 희귀한 자연물들이 상당한 자리를 차지하고 있었다. 식물, 조개나 기타 해산물들로, 네모 선장이 개인적으로 찾아 낸 것들임에 틀림없었다. 한가운데에서는 물줄기가 조명을 받으며 거대한 조개껍데기로 만들어 놓은 수반 위로 떨어지고 있었다.

"조개껍데기들을 살피고 계시군요. 사실 그것들은 자연과학자들의 관심을 끌 만합니다. 하지만 내게는 그 이상의 매력을 지닌 것들이랍니다. 그것들을 나는 전부 내 손으로 주웠으니까요. 지구상의 어느 바다도 내가 찾아다니지 않은 곳이 없답니다."

"유럽의 어느 박물관도 해산물을 이 정도로 소장한 곳은 없습니다. 정말 멋진 곳입니다."

바닷물로 만든 전기

노틸러스 호를 둘러보던 나는 무엇보다 이 노틸러스 호를
움직이는 동력과 배의 조작, 그리고 그 밖의 기계류에 대해
좀 더 알고 싶었다.

나는 벽에 걸려 있는 기구들을 보며 물었다.

"저것들에 대해 알려 주실 수 있습니까?"

"물론입니다. 이것들과 똑같은 기구들이 제 방에도 있습니다.
그 곳에서 교수님께 그 용도를 설명해 드리지요.
그렇지만 그보다 먼저 교수님이 쓰실 선실을 보시겠습니까?"

선실 밖의 좁은 통로로 나갔다. 선실은 침대와 화장대를

비롯한 여러 가지 가구들을 갖춘 화려한 방이었다.

"내 방은 교수님 방 가까이에 있습니다. 방금 전 둘러보았던 살롱 맞은편이지요."

우리는 방에서 나와 네모 선장의 방으로 들어갔다.

그의 방은 거의 수도승의 방처럼 검소했다. 철침대 하나, 책상 하나, 그리고 가구가 몇 개 있었다. 꼭 필요한 것들만 갖추어져 있었다.

"앉으시지요."

네모 선장이 벽에 걸려 있는 도구들을 손으로 가리켰다.

"이것들이 노틸러스 호가 항해하는 데 필요한 기구들입니다. 살롱에서와 마찬가지로 여기서도 항상 이 기구들을 볼 수 있습니다. 이것들은 바다 한복판에서 노틸러스 호의 위치와 정확한 방향을 알려 줍니다. 이것은 당신이 알고 있듯이 온도계이고, 공기의 무게를 재고 날씨의 변화를 예고하는 기압계, 대기의 습도를 재는 습도계, 진로를 안내하는 나침반, 위도를 가리키는 육분의, 경도를 계산하는 크로노미터, 외부의 압력을 나타내고 배가 위치한 수심을 알려 주는 수압계 등입니다."

선장의 설명에 나는 고개를 끄덕였다.

"마지막으로 이 배의 가장 중요한 주인과도 같은 것이 있습니다. 그것은 빛을 주고 난방을 주며 여기 있는 모든 기구들의 영혼과도 같은 전기입니다."

"전기라고요?"

"그렇습니다, 교수님."

"하지만 노틸러스 호는 엄청나게 빠른 속도로 달리지 않습니까? 인간이 쓰는 전기 동력으로는 불가능한 일입니다."

"교수님, 제가 쓰는 전기는 인간이 쓰는 전기와 다릅니다."

"하지만 당신이 사용하는 원료들은 금방 바닥나지 않을까요? 아연을 예로 들어 봅시다. 당신은 그것을 어떻게 보충합니까? 당신은 육지와는 전혀 교류가 없다고 하지 않았습니까?"

"물론입니다. 나는 모든 것을 바다에서만 구하고 있습니다. 그리고 먼저 당신께 바다 밑에는 개발 가능성이 아주 높은 아연, 철, 은, 금 등의 광산이 있다는 것을 알려 드립니다. 하지만 나는 그것들을 이용하지 않고 바닷물을 이용해서 전기를 만들어 내고 있습니다."

"바닷물이라고요?"

"네, 그렇습니다. 교수님께서는 바닷물의 성분을 아시죠? 바닷물 1,000그램에는 96.5퍼센트의 물과 2.67퍼센트의

염화나트륨이 있습니다. 그 밖에 염화마그네슘, 염화칼륨,
브롬화망간, 황산마그네슘, 황산칼슘 및 탄산칼슘 등이
소량 들어 있습니다. 나는 바로 이 나트륨을 바닷물에서
추출해 필요한 원료로 사용하고 있습니다."

"나트륨이라고요?"

"수은과 혼합된 나트륨은 아말감을 만들어 냅니다.

수은은 절대 줄어들지 않고 나트륨만 소비되는 거지요.

나트륨이 소비될 때 전기가 발생합니다. 바다는 그것을

자체적으로 해결해 줍니다. 나트륨 전지가 갖는 전기의 힘은

아연 전지의 곱절이나 됩니다."

"네, 맞습니다. 바닷물에는 나트륨이 들어 있지요.

하지만 그것은 추출해 내야 합니다. 그런데 선장님께서는

어떻게 그 일을 하시는 겁니까? 이 추출 작업에 쓰이는 전기가

나트륨에서 추출해 내는 양보다 더 많이 들 텐데요.

따라서 선장님께서는 나트륨을 생산하기 위해 더 많은 양의

에너지를 소비해야 하지 않습니까?"

"교수님, 저는 그 에너지를 석탄에서 얻고 있습니다."

"석탄이요? 그것은 육지에 있는 것이 아닙니까?"

"바다 석탄이지요."

"그럼 선장님께서 해저 탄광을 발굴하셨단 말씀인가요?"

"조금만 기다리시면 아로낙스 교수님께서도 그것을 직접

보게 되실 것입니다."

"호흡하는 이 공기도 전기를 이용합니까?"

"그럴 수도 있습니다. 하지만 굳이 쓸데없는 일에 전기를

사용하지는 않습니다. 잠수함이 수면 위에 올라가면

되니까요. 하지만 오래 바닷속을 머물 때는 강력한 펌프를
작동시켜 특수 용기에 공기를 채워 넣기는 합니다."

"정말 존경스럽습니다. 선장님께서는 언젠가 반드시
인류가 찾아 내게 될 것을 찾으신 것 같습니다.
전기의 진정한 힘 말입니다."

"과연 인류가 그것을 찾아 낼 수 있을까요?"
네모 선장은 차갑게 말했다.

"어쨌든 교수님께서는 이제 내가 이 소중한 자원을 어떻게
활용하는지 알게 되었습니다. 이 시계를 보십시오.
이것은 전기 시계입니다. 현존하는 가장 정밀한 시계를
능가할 만큼 규칙적으로 움직이지요. 지금은 오전 10시군요."

"훌륭합니다."

"전기를 활용하는 예는 이것 말고도 아주 많습니다.
이 계기판은 노틸러스 호의 속도를 가리킵니다.
속도 측정기의 스크루와 전선으로 연결되어 있어
선박의 실제 속도를 알려 주지요. 현재는 시속 25킬로미터의
속도로 달리고 있습니다."

"대단합니다. 저는 선장님께서 바람과 물, 증기를 대신하여
이 전기를 사용하신 것이 옳다는 것을 확실히 알겠습니다."

노틸러스 호의 크기

네모 선장은 이어서 내 앞에 노틸러스 호의 설계도를 펼쳤다.

노틸러스 호는 기다란 원통형으로, 길이 62미터,

너비 8미터로 되어 있었다.

5미터 가량의 식당은 물이 침투할 수 없는 방수 벽으로

서재와 분리되어 있으며, 10미터나 되는 큰 홀은 두 번째

방수 벽으로 선장의 방과 나누어져 있었다.

내 방은 2미터 50센티미터였고, 7미터 50센티미터나 되는

공기 탱크가 뱃머리까지 뻗어 있었다. 전부 합한 길이는

35미터였다. 방수 벽에는 고무 장치로 밀폐시킨 문들이

나 있었다. 이 문들이 노틸러스 호의 실내를 안전하게
지켜 주고 있었다. 배수량은 약 1,100톤으로, 배수량의
10분의 1, 즉 110톤의 물을 채우면 배가 가라앉을 수 있었다.
설명을 마친 네모 선장이 밖으로 나갔다. 그 때 방의 창문이
열리면서 아름답고 신비한 바다 풍경이 눈에 들어왔다.
나는 황홀한 광경에 한동안 넋을 잃고 있었다.
시계는 저녁 5시를 가리키고 있었다.
플랫폼으로 통하는 계단을 지나 2미터 가량의 선실에
이르렀다. 콩세유와 네드 랜드가 식사를 하고 있었다.
창고 사이에 위치한 3미터 길이의 주방으로 통하는 문이
열렸다. 그 곳 역시 모든 것이 전기로 이루어지고 있었다.
증류기들도 전기로 데워지면서 양질의 식수를 만들고 있었다.
주방 옆에는 편리하게 사용할 수 있는 목욕실이 있었고,
수도꼭지를 통해 온수와 냉수를 마음대로 사용할 수 있었다.
주방을 지나자 5미터 길이의 선원용 선실이 나왔다.
그렇지만 문이 잠겨 있어서 실내는 볼 수 없었다. 마지막으로
다섯 번째 방수 벽이 선원실과 기관실을 갈라놓고 있었다.
나는 네모 선장이 어떻게 이런 어마어마한 잠수함을 만들 수
있었는지 궁금해졌다. 그래서 선장에게 물었다.

"그런데 선장님은 어떻게 이 놀라운 노틸러스 호를 비밀리에 만들 수 있었습니까?"

이 정도의 잠수함을 만들면서 모두의 눈을 피할 수는 없었기 때문이었다.

"아로낙스 교수님, 전 이 배의 부품들을 세계 각지에서 각각 위장된 주소로 사들였습니다. 그리고 바다 한복판에 있는 외딴 섬에 공사장을 만들어 놓고 그 곳에서 나의 동료들과 함께 이 노틸러스 호를 만들었습니다. 그리고 공사가 끝난 뒤에는 불을 질러 섬에 남아 있던 우리들의 흔적을 모두 없애 버렸습니다. 아마 할 수만 있었다면 그 섬을 폭파시켜 버렸을 것입니다."

"노틸러스 호를 건조하는 데 드는 비용이 엄청났을 텐데요? 당신은 갑부입니까?"

"어마어마한 갑부라고 할 수 있지요. 아마 수백억 프랑에 이르는 프랑스의 빚도 금방 갚을 수 있을 것입니다."

네모 선장의 말에 멍하니 그를 쳐다보았다.

도대체 선장은 어느 나라 사람인가? 왜 육지를 떠나 바다에서 생활을 하는 걸까? 나는 점점 그에 대해 호기심이 커져 갔다.

네모 선장의 초대장

한 시간 내내 이 수수께끼를 풀어 보려고 했다. 그래서 식탁
위의 해도를 살펴보았다. 바다에도 대륙처럼 흐르는 강이
있다. 그것은 온도와 색깔로 알 수 있는 특별한 흐름이다.
그 강의 흐름을 해류라고 한다. 지금 노틸러스 호는 일본의
쿠로시오 해류인 흑조를 따라가고 있다. 나는 이 해류가
태평양의 망망대해 속으로 사라지는 것을 보고 있었다.
그 때 네드 랜드와 콩세유가 살롱으로 들어섰다.
두 사람은 그들 눈앞에 펼쳐져 있는 진귀한 물건들을 보고
넋을 잃고 있었다.

"여기가 도대체 어딘가요? 퀘벡의 박물관인가요?"

"그보다 솜머라르 호텔이라고 해야겠군요."

콩세유도 네드 랜드에 지지 않고 말했다.

"자네들은 캐나다에 있는 것도 아니고 프랑스에 있는 것도

아닐세. 바로 노틸러스 호 선상에 있는 거지.

해저 50미터 지점에 말이야."

살롱에 진열되어 있는 작품들에서 시선을 뗀 네드 랜드가

나를 쳐다보며 시시콜콜 물어 왔다.

"네모 선장과 무슨 얘기를 했습니까?"

나는 그의 말투에서 무엇인가 느낄 수 있었다.

네드 랜드는 배를 빼앗을 생각을 하고 있었던 것이다.

나는 네드 랜드에게 모든 것을 다 말해 주며 배를 빼앗을

생각일랑 하지 말라고 충고해 주었다.

우리가 이야기를 나누고 있는 사이 갑자기 실내에

불이 꺼졌다. 잠시 후 길게 뚫린 두 개의 창으로 빛이

들어왔다. 두 개의 크리스탈 판 너머로 노틸러스 호 주변

바다가 훤히 내다보였다. 그것은 정말 환상적인 광경이었다.

온갖 수중 동물들이 다 나와서 노틸러스 호를 호위하고

있었다. 네드는 뱃사람답게 물고기들의 이름을 열거했고,

콩세유는 열심히 그것들을 분류했다. 전기 불빛에 이끌려

많은 물고기들이 노틸러스 호와 함께 달리고 있었다.

네모 선장은 한동안 모습을 보이지 않았다. 나는 거머리말로

만든 종이에 모험에 대한 일기를 쓰기 시작했다.

11월 11일. 노틸러스 호가 수면 위로 올라갔다.

시원한 공기가 노틸러스 호 내부에 들어와 가득 퍼졌다.

나는 플랫폼으로 나가 보았다. 오랜만에 거기에 앉아서

일출로 불타오르는 바다를 바라보았다. 며칠 동안

노틸러스 호는 바닷속으로 들어가지 않았다. 그래서 나는

아침마다 바다의 아름다움을 마음껏 누릴 수 있었다.

11월 16일. 보통 때와 같이 일출을 보고 선실로 돌아왔다.

탁자 위에 편지가 한 통 놓여 있었다. 네모 선장이 보낸

초대장이었다. 내일 크레스포 섬으로 사냥을 나가는데

우리들을 초대한다고 쓰여 있었다.

"사냥이라고!"

내 얘기를 들은 네드가 탄성을 질렀다. 그는 사냥을 간다는

말을 육지로 간다는 것으로 알아듣고 뛸 듯이 기뻐했다.

더욱이 신선한 육지 고기를 맛볼 수 있다는 생각에

벌써부터 입 안에 군침이 돌고 있었다. 나는 크레스포 섬이

어떤 섬인지에 대해 알아보기로 했다. 책을 뒤적였다.

크레스포 섬은 1801년 크레스포라는 선장이 처음 발견하여

이름이 붙여진 아주 작은 섬이었다. 에스파냐의 옛 지도에는

로카드라 플라카, 즉 '은섬'이라고 적혀 있었다.

바닷속 산책

다음 날 살롱에서 네모 선장을 만났다. 그리고 궁금해하던
한 가지를 물었다.

"당신은 육지와 모든 것을 끊고 지낸다고 했는데,
어떻게 크레스포 섬에 갈 수가 있죠?"

"하하하! 아로낙스 교수님, 제가 가려는 섬은 육지 짐승이
뛰노는 그런 숲이 아닙니다. 햇빛이나 태양열이 필요 없는
해저의 숲입니다."

"해저 숲이라고요!"

도저히 믿을 수가 없어 네모 선장을 쳐다보았다.

"곧 보게 되실 것입니다. 식사를 하러 갑시다.

한동안 음식을 먹을 수 없을 테니까요."

네모 선장을 따라 식당으로 향했다. 식탁에는 여러 가지 생선,

해삼류, 맛이 뛰어난 해초 등이 차려져 있었다. 식사를 하면서

네모 선장은 해저 숲에 가려면 잠수복을 입어야 한다고

설명했다. 잠수복을 입으면 해저에서 9시간 내지 10시간 동안

머물 수 있다고 하였다. 나는 한 가지를 더 물었다.

"육지와 접촉하지 않는다면 무기는 무엇을 사용합니까?"

"작은 유리 캡슐에 강철을 씌우고 그 안에 고압의 전기를
충전한 탄약을 사용합니다. 그렇지만 그다지 총을 쓸 일은
없을 것입니다."

아침 식사를 마치고 네모 선장과 함께 네드와 콩세유를
불렀다. 그리고 옷을 갈아입기 위해 뱃전 선실로 향했다.
벽에는 10여 벌의 잠수복이 걸려 있었다.

네드 랜드는 잠수복을 보자 그것을 입어야 한다는 데 대해
거부감을 나타냈다. 또 신선한 고기를 먹을 수 없다면
사냥을 가지 않겠노라고 말했다. 하는 수 없이 나와 콩세유,
그리고 네모 선장과 그의 동료 한 사람이 가기로 하였다.

잠수복은 상의와 하의로 나누어져 있었다. 바지 끝에는
무거운 납창을 댄 두꺼운 신발이 달려 있었다.

상의에는 가슴을 덮는 얇은 구리 조각들을 달아 놓았다.
물의 압력으로부터 가슴을 보호하는 것이었다.

둥근 금속 캡슐을 머리에 쓰고, 혁대에는 룸코르프 전등을
달고, 손에는 20여 발의 전기탄이 들어 있는 소총을 들었다.
하지만 무거운 옷 속에 갇힌데다 납창의 무게 때문에 바닥에
못이 박힌 듯 꼼짝도 할 수 없었다. 한 발짝 떼는 것도
힘들었다. 그것은 네모 선장과 그의 동료도 마찬가지였다.

우리들은 선장과 그의 동료들의 도움으로 옆에 딸려 있는
작은 방으로 떠밀려졌다. 폐쇄 장치가 달린 문을 열었다.
손잡이를 놓자 뒤에서 쾅 하고 닫히면서 작은 방 안에
물이 들어왔다. 방 안에 물이 가득 차자 노틸러스 호의
옆구리에 뚫린 두 번째 문이 열렸다. 잠시 후 우리들은
바다 바닥을 딛고 서 있었다. 네모 선장이 앞장서 걸었고,
그의 동료는 나와 콩세유의 뒤를 따랐다. 바닷속에 들어가니
아무런 제한 없이 자유롭게 몸을 움직일 수 있었다.
수심 10미터까지 바다를 밝혀 주는 강렬한 햇빛으로 물 속은
쉽게 구분이 갔다. 100미터 거리에서도 물체를 구분해 낼 수
있었다. 약 15분 동안 우리들은 아주 자잘한 조개 가루가
뿌려진 반짝이는 모래를 밟고 걸었다. 노틸러스 호의 동체는
점점 멀어지고 있었다. 그렇지만 노틸러스 호의 신호등은
우리들이 무사히 돌아갈 수 있도록 도와 줄 것이었다.
우리들은 계속해서 걸었지만, 모래 벌판은 끝이 없었다.
얼마 가지 않아 식충류로 덮인 바위들의 황홀한 전경이
보였다. 바다 세계의 신비한 모습이었다. 머리 위로는 푸른
촉수를 늘어뜨린 고깔해파리, 가장자리에는 코발트색을 두른
젖빛 또는 연분홍 갓으로 햇빛을 막아 주는 해파리,

어둠 속에서 인광을 뿌리는 투구해파리 등이 떠 다녔다.

이제 막 돋아나는 바다풀들의 연둣빛 새싹, 바다풀들이

피운 빨강, 노랑, 주황, 자주, 파랑의 색색가지 꽃,

기기묘묘한 바위들, 아름다운 빛을 내는 조개들, 이 모든 것은

바로 바다의 신비였으며 만화경이었다. 바다의 축제였다.

얼마 안 가 바다 바닥이 바뀌었다. 모래 벌판에 뒤이어

끈적끈적한 개흙층이 나타났다. 규토질 또는 석회질의

조개들로만 이루어진 지층이었다. 다음은 해초 밭을 지났고,

그 뒤로는 깊은 바닷속 식물들이 무성하게 우거져 있었다.

녹색 물풀들은 수면에 가까운 곳에, 붉은색 물풀들은 중간

깊이에, 검거나 갈색의 물풀들은 바닷속 깊은 곳에 있었다.

바다가 간직한 수많은 생물들은 그야말로 장관이었다.

노틸러스 호를 떠난 지 약 한 시간 반이 지났다.

정오 무렵이었다. 더 이상 햇빛은 굴절되지 않았다.

바닷속 황홀한 색채의 마술은 점차 사라져 갔다.

바다의 경사가 급해지면서 수심 100미터에 도달했다.

두 시간의 산책이었고, 아직은 룸코르프 전등을 작동시킬

필요는 없었다. 그 때 네모 선장이 걸음을 멈추었다. 그리고

손가락으로 약간 떨어진 곳을 가리켰다. 크레스포 섬이었다.

크레스포 섬

마침내 숲의 가장자리에 도착한 것이었다. 네모 선장이

개척한 영토 가운데에서 가장 아름다운 장소 중의 하나임에

분명했다. 숲은 거대한 고목으로 이루어져 있었다.

입구로 들어서니 나무가 독특한 배열을 이루고 있었다.

어느 하나 바닥을 기거나 휘지 않고 수면을 향해 뻗어 있었다.

나는 계속된 해저 탐험으로 식충류를 수생 식물로, 동물을

식물로 보는 등 혼란에 빠졌다. 갖가지 관목들 사이에서,

나무들의 습기 찬 그림자 밑에서, 생생한 꽃들이 피어나

숲처럼 우거져 있었다. 식충류가 줄지어 있었고, 그 위로는

구불구불한 고랑이 새겨진 뇌산호가 활짝 피어 있었으며, 육방산호류가 잔디처럼 빽빽하게 깔려 있었다. 거기에다 수많은 잔 물고기들이 벌새 떼처럼 헤엄쳐 오르고 있었다.

1시쯤에 네모 선장이 정지 지시를 내렸다. 우리들은 우거진 숲에서 휴식을 취했다. 달콤한 휴식 시간이었다.

그렇지만 말을 할 수는 없었다. 네 시간을 걸었지만 배고픔은 느껴지지 않았다. 하지만 졸음이 밀려와 두 눈꺼풀은 무거웠다. 네모 선장과 그의 동료가 투명한 크리스탈 뒤에 누워서 잠을 자는 시범을 보여 주었다.

나와 콩세유도 그들을 따라 잠이 들었다.

잠에서 깨어났을 때 네모 선장은 이미 일어나 있었다.

나는 기지개를 켜려다 벌떡 일어섰다. 커다란 바다거미 한 마리가 징그러운 눈으로 쳐다보고 있었기 때문이었다.

네모 선장은 동료에게 그 바다거미를 가리켰다. 그러자 그가 총의 개머리판으로 괴물을 쓰러뜨렸다.

나는 이것으로 산책이 끝났다고 생각했다. 하지만 산책은 계속되었다. 경사가 급한 길을 더 내려가자 좁다란 골짜기가 나왔다. 무려 해저 150미터 지점이었다. 완벽한 장비 덕분에 우리들은 사람이 탐험할 수 있는 바다 밑 한계를

90미터나 넘어서고 있었다.

어느덧 칠흑 같은 어둠이 수면을 덮었다. 네모 선장이 자신의
전기 장치를 가동시켰고, 곧 그의 동료와 우리들도 전기
장치를 켰다. 네 개의 전등으로 밝혀진 바다는 환히 빛났다.
네모 선장은 계속해서 숲의 어두운 심연 속으로 들어갔다.
관목들은 점점 뜸해졌고, 식물이 동물보다 더 빨리 사라지고
있었다. 심해 식물들이 보이지 않는 중에도 식충류와
절지동물, 물고기들은 아직도 그 곳에서 헤엄치고 있었다.
가끔 네모 선장은 걸음을 멈추고 총을 겨냥하여 몇 차례
사냥을 하였다. 4시쯤 산책이 끝났다. 아름다운 돌들과
거창한 바위로 이루어진 벽이 앞에 솟아 있었기 때문이었다.
그것은 크레스포 섬의 절벽이었다. 바로 육지였던 것이다.
선장이 걸음을 멈추었고 이어 우리들도 걸음을 멈추었다.
선장의 영토는 여기까지였다. 나는 이 장벽을 넘고 싶은
마음이 간절했지만 멈출 수밖에 없었다. 이제 돌아갈 때가
되었다. 네모 선장은 언제나 망설임 없이 길을 가면서
우리들의 선두에 섰다. 노틸러스 호로 돌아가는 길은 조금 전
우리가 왔던 그 길이 아니었다. 몹시 가파르고 힘든
길이었지만 우리들을 신속하게 수면으로 데려다 주었다.

우리들은 하늘의 새보다도 더 많은 작은 물고기 떼를 볼 수
있었다. 그러나 총을 쏠 만한 수중 사냥감은 없었다.
바로 그 순간 네모 선장이 황급히 총을 어깨에 메고 덤불
사이로 움직이는 물체를 쫓았다. 총이 발사되고 몇 발짝 앞에
짐승 하나가 쓰러져 있었다. 커다란 해달이었다. 바다에서
사는 유일한 네발짐승이었다. 네모 선장의 동료가 짐승을
들어 어깨에 메고 우리들은 다시 걷기 시작했다.
그러다 커다란 날개를 가진 큰 새 한 마리가 빙글 돌아

다가오고 있는 것을 보았다. 그 거리는 불과 몇 미터

안 되었는데 네모 선장의 동료가 그 새를 겨냥하여 쏘았다.

명중이었다. 새는 사수 곁으로 떨어졌다. 그것은 해양 조류를

대표할 만한 가장 아름다운 종류인 신천옹이었다.

행군은 계속되었다. 두 시간 동안 모래벌판을 걷고,

때로는 힘든 해초 초원을 걸어 이제 더 이상 걸을 수 없다고

생각될 무렵 1킬로미터쯤 떨어진 곳에서 희미한 불빛이

보였다. 그것은 노틸러스 호의 신호등이었다. 잠시 후면

노틸러스 호에 도착할 수 있었다.

그런데 갑자기 네모 선장이 나를 밀어 넘어뜨렸다.

네모 선장의 동료는 콩세유를 넘어뜨렸다. 갑작스런 습격에

영문을 알 수 없었지만 곧 그 이유를 알게 되었다.

엄청나게 큰 물체들이 인광을 뿌리며 소란스럽게 우리들 위로

지나가고 있었기 때문이다. 무시무시한 상어들이었다.

다행스럽게도 상어들이 우리들을 알아보지 못했다.

반 시간 뒤 무사히 노틸러스 호로 돌아 왔다. 잠수복을

벗어던지자, 배고픔과 졸음이 몰려오며 기진맥진한 상태가

되었다. 그럼에도 나는 이 놀라운 바다 밑 산책의 감격에

흠뻑 젖은 채 방으로 돌아갔다.

태평양

11월 16일 아침, 나는 피로가 완전히 풀려서 플랫폼으로
나갈 수 있었다. 크레스포 섬의 높은 봉우리들은
간밤에 사라지고 없었다.
네모 선장은 관측을 위해 플랫폼으로 올라왔지만,
나를 알아보지는 못한 것 같았다.
20여 명의 노틸러스 호 선원들은 저마다 알 수 없는 언어들로
얘기를 주고받으며, 그물을 배로 거두어들이고 있었다.
그 선원들은 모두 유럽 인들이 틀림없었다. 그물이 올려지자
그 안에는 어족이 풍부한 이 지역의 온갖 진기한 물고기들이

가득했다. 이 다양한 해산물들은 승강구를 통해 즉시
식량 창고로 옮겨졌고, 일부는 신선한 상태로 조리되고,
나머지는 저장되었다.

노틸러스 호가 공기를 재충전했다. 나는 곧 노틸러스 호가
수중 항해에 들어갈 것이라 생각하여 방으로 돌아갈 준비를
하였다. 그 때 네모 선장이 나에게 말을 걸었다.

"교수님. 바다는 실질적인 생명을 갖고 있으며 분노와 사랑을
갖고 있습니다. 어제 바다는 우리처럼 잠이 들었지만 지금은
다시 깨어나고 있습니다. 보십시오. 태양의 따스한 손길 아래
깨어나고 있는 바다를. 다시 한 주를 시작하려는 것입니다.
바다의 조직 활동은 아주 흥미롭습니다.

바다는 맥박과 핏줄을 갖고 있으며 경련을 일으키기도
합니다. 나는 동물의 혈액 순환과 같은 순환 작용을 바다에서
발견했던 모리 씨의 주장이 옳았다고 생각합니다."

네모 선장은 나에게 어떠한 대답을 바라는 것 같아 보이지는
않았다. 그래서 나는 가만히 그의 말을 경청하였다.

"대양은 정말로 순환 계통을 갖고 있습니다. 그것을
촉발시키려면 창조자가 바다에 열과 소금, 플랑크톤 등을
증가시키기만 하면 되지요. 나는 수면에 데워진 바닷물

분자가 깊은 곳으로 내려가서는 영하 2도에서 최대 밀도에
도달했다가, 더 냉각되면 가벼워져서 다시 떠오르는 것을
관찰한 적이 있습니다. 당신은 남극과 북극에서 이런 현상의
결과를 보게 될 것입니다. 또, 당신은 빈틈없는 자연의 법칙에
따라 왜 결빙 현상이 수면에서만 이루어지는지도
이해하게 될 것입니다."

나는 네모 선장이 우리들을 남극과 북극에 데려가려 한다는
것을 알아차리고 놀라지 않을 수 없었다.

"저는 이 곳에 수상 도시와 해저 가옥 단지를 건설할
계획을 세워 놓고 있습니다. 둘도 없는 자유 도시이며
독립된 국가 말입니다."

네모 선장이 갑자기 말을 멈추었다. 그는 엄청난 생각을 하고
있는 것 같았다.

"아로낙스 교수님, 당신은 바다의 깊이가 얼마나 되는지
알고 계십니까?"

"북대서양에서는 평균 수심이 8,200미터로 확인되었고,
지중해에서는 2,500미터입니다. 가장 유명한 수심 측정은
35도 부근의 남대서양에서 실시되었지요. 그 결과 각각
1만 2,000미터, 1만 4,091미터, 1만 5,149미터였습니다.

바다를 고르게 한다면 평균 약 7킬로미터가 된다는

계산이 나오지요."

"그런데 우리가 지나는 이 태평양 지역의 평균 수심은

4,000미터에 지나지 않습니다."

말을 마친 네모 선장은 승강구로 통하는 계단으로 사라져

버렸다. 네모 선장의 뒤를 따라 살롱으로 들어서자 스크루가

가동되고 속도계는 시속 30킬로미터를 가리키고 있었다.

그 후 네모 선장은 한동안 나타나지 않았다.

나는 콩세유와 네드와 함께 많은 시간을 보내었다.

신비스런 산책에 대해 이야기를 들은 네드는 동행하지 않았던

것을 몹시 후회하였다.

노틸러스 호는 남동 방향을 유지하며 계속 달렸다.

11월 26일. 북회귀선을 넘었다. 노틸러스 호는 여전히

남동쪽을 향해 달렸다.

12월 1일, 마침내 적도를 넘었다.

12월 11일. 나는 독서에 몰두하고 있었다. 그 때 콩세유가

나를 불렀다. 콩세유와 네드는 반쯤 열려진 덧문을 통해

물 속을 들여다보고 있었다. 노틸러스 호는 움직이지 않고

수심 1,000미터에 머물고 있었다. 이 곳은 생물체가

별로 서식하지 않는 지역으로, 큰 물고기들만 이따금
모습을 나타낼 뿐이었다.

"무슨 일인가, 콩세유?"

"보십시오, 주인님."

전등빛이 환하게 비추어진 곳에 움직이지 않는 커다란 물체가
하나 보였다. 나는 그것이 어떤 종류의 고래인지 알아 내려고
주의 깊게 살피다가 깜짝 놀라고 말았다. 그것은 그리
오래 되지 않은 난파된 배였던 것이다. 끊어진 돛대 줄은
아직도 걸쇠에 늘어져 있었다. 파도 속에 침몰된 선체의
모습은 음산했다. 그러나 더욱 음산한 것은 몇 구의 시체가
밧줄에 묶여 있다는 것이었다. 네 구의 남자 시체와 아이를
두 팔로 안은 채 뒷갑판의 쪽문으로 반쯤 몸을 내민 여인의
시체였다. 노틸러스 호의 불빛으로 아직 썩지 않은 사람들의
모습을 선명히 볼 수 있었다. 우리들은 난파선 앞에서 할 말을
잃고 말았다. 다른 한쪽에서는 벌써 죽은 사람의 냄새를 맡은
거대한 상어들이 난파선을 향해 달려오고 있었다.

노틸러스 호는 앞으로 나아가면서 그 난파선 주위를 돌았다.
그러자 난파선 뒤쪽에 플로리다 선더랜드라고 적힌
글씨가 눈에 들어왔다.

바니코로 섬

이 끔찍한 광경은 노틸러스 호가 항해 중에 겪어야 했던
해상 사고의 시작에 불과한 것이었다.

12월 25일, 크리스마스가 지났다.

그리고 이틀 뒤인 27일 아침, 1주일 만에 나타난 네모 선장이
살롱으로 들어섰다.

나는 노틸러스 호의 현재 위치를 살피고 있었다. 내 곁으로
다가온 선장은 손가락으로 한 지점을 가리켰다.

"바니코로?"

내가 알기로 그 곳은 라 페루즈 선단이 궤멸되었던 섬이었다.

"지금 우리가 바니코로 섬으로 갑니까?"

네모 선장에게 물었다.

그러자 네모 선장은 고개를 끄덕이며 말했다.

"지금 우리는 바니코로 섬에 있습니다."

네모 선장을 따라 플랫폼으로 올라갔다. 북동쪽에 크기가
서로 다른 두 개의 화산섬이 보였다. 섬 주위는 산호초로
둘러싸여 있었다. 바니코로 섬이었다.

"라 페루즈에 대해 알고 계십니까?"

선장이 내게 물었다.

"세상 사람들이 알고 있는 만큼은 알고 있습니다."

"그럼 그게 뭔지 제게 말씀해 주시겠습니까?"

네모 선장은 어딘가 빈정대는 듯한 말투로 물었다.

"어렵지 않습니다. 1785년 라 페루즈와 그의 부관인
랑그르 선장은 루이 16세의 명령으로 부솔 호, 아스트롤라베
호라는 두 척의 군함을 타고 세계 일주 탐험에 나섰습니다.
그리고 2년 동안 여기저기를 항해하고 다녔는데,
1788년 남태평양에서 모두 행방불명이 되어 버렸습니다.
프랑스 정부는 이 두 척의 군함이 걱정되어 군함을 파견하여
조사하도록 했지만 아무런 사실도 밝혀진 것이 없었습니다.

하지만 소문에는 부솔 호와 아스트롤라베 호가
바니코로 섬의 암초에 걸려 가라앉아 버렸으며, 승무원들은
섬에 상륙하여 작은 배를 만든 다음 다시 어딘가로 떠났다고
하였습니다. 그러나 그 후 그 승무원들이 어디로 갔는지는
아직 아무도 모릅니다."

설명을 들은 네모 선장이 나를 살롱으로 데리고 들어갔다.

"라 페루즈 선장의 군함은 우선 오스트레일리아의
보타니 만에 닻을 내리고 뉴칼레도니아 제도, 하파이 군도를
지나 거기서 바니코로 섬으로 갔습니다. 그리고 그 곳 암초에
걸려 좌초되고 말았습니다. 그리고 승무원들은 교수님
말씀대로 작은 배를 만들어 솔로몬 군도를 향해
출발했습니다. 그러나 솔로몬 군도를 이루고 있는
가장 큰 섬의 두 곳 사이에서 다시 암초에 걸렸습니다.
하지만 이번에는 재산도 생명도 모두 잃었습니다."

"어떻게 그것들을 알고 계십니까?"

나는 의아스러운 눈빛으로 네모 선장을 쳐다보았다.

그러자 네모 선장은 양철 상자 하나를 보여 주며 말했다.

"그 두 곳 사이에서 이것을 발견했으니까요."

거기엔 프랑스 왕가의 문장이 들어 있었다. 소금물 때문에

완전히 녹이 슬어 있었지만 그 안에는 프랑스 해군
라 페루즈에게 내린 명령서가 들어 있었다.

"뱃사람다운 정말 멋진 죽음이었습니다. 산호초들은
그들의 조용한 무덤입니다. 제가 가려고 하는 곳도 바로
그런 곳이지요."

밤 사이 노틸러스 호는 매우 빠른 속도로
바니코로 해역을 벗어났다.

1868년 1월 1일 아침. 우리들은 선상에서 조용한 새해를
맞았다. 나는 언제까지 이렇게 노틸러스 호에 묶여 있어야
하는지, 과연 이 곳을 떠날 수는 있을지 의문에 휩싸였다.

산호해를 건넌 지 이틀째인 1월 4일, 노틸러스 호는
파푸아 해안에 도착했다. 네모 선장은 토레스 해협을 거쳐
인도양으로 가는 것이 자신의 계획이라고 말했다.

네드는 이번 항로가 그를 유럽의 바다 가까이 데려다 준다는
사실에 기뻐했다. 토레스 해협은 해안에 자주 나타나는
원주민들과 삐죽삐죽 솟아 있는 암초들 때문에 무척이나
위험한 지역이었다. 그래서 매우 대담한 항해사들조차
지나기를 꺼려하는 해협이었다.

노틸러스 호 주변에서 바다가 포효하듯 들끓고 있었다.

"정말로 험난한 바다로군요!"

네드가 말했다.

"노틸러스 호 같은 선박에는 어울리지 않는 바다로군."

"네모 선장이 길을 잘 알아야 할 텐데……. 살짝 닿기만 해도
이 배는 산산조각이 날 겁니다."

정말로 상황은 위험스러워 보였다. 그렇지만 노틸러스 호는
이 성난 암초들 사이를 무사히 빠져 나가고 있었다.

네모 선장은 노틸러스 호를 뒤르빌의 함정 두 척이
좌초되었던 수로로 몰고 가는 듯하더니 방향을 바꾸어
서쪽으로 가로지르면서 구에보로아 섬으로 향했다.

오후 3시경, 거의 만조였기 때문에 물살은 약해져 있었다.
노틸러스 호가 섬 가까이 다가가자 이제 구에보로아 섬의
아름다운 모습이 눈앞에 펼쳐졌다. 노틸러스 호와의 거리는
3킬로미터도 되지 않아 보였다. 그 때 갑작스런 충격이
느껴졌다. 노틸러스 호가 암초에 부딪힌 것이었다.

남쪽과 동쪽에는 썰물 때 보이는 산호초들이 보였다.
노틸러스 호는 조금도 손상을 입지 않았지만 암초에 걸려
꼼짝도 할 수가 없었다.

"사고가 난 겁니까?"

"별일 아닙니다. 토레스 해협은 간만의 차가 1.5미터나
됩니다. 오늘은 1월 4일이고 11일 뒤면 보름입니다.
그렇게 되면 바닷물이 충분히 끌어올려지고 우리는 다시
바다에 뜰 수 있게 될 것입니다."

네모 선장은 걱정하지 않아도 된다고 말했다.

며칠 간의 육지 생활

이 얘기를 들은 네드는 이제 이 노틸러스 호는 고철덩어리에

지나지 않는다며 지금이야말로 네모 선장과의 약속을 깰

좋은 순간이라고 말했다. 나는 네드에게 만일 노틸러스 호가

더 이상 항해를 하지 못하게 된다면 그 얘기는 그 때 가서

다시 하자고 말했다. 그러자 네드가 말했다.

"그렇더라도 이 지역을 탐색해 볼 수는 있겠지요?"

네드의 말에 콩세유도 거들었다.

"주인님, 한번 알아봐 주십시오."

나는 네모 선장을 찾았다. 그리고 섬을 탐색해 볼 수 있는지를

물었다. 그런데 의외로 네모 선장은 순순히 승낙을 해 주었다.
꼭 다시 배로 돌아와야 한다든지 도주를 해서는 안 된다는
그 어떠한 단서도 붙이지 않았다.

다음 날인 1월 5일 아침. 총과 도끼로 무장한 우리 세 사람은
노틸러스 호에서 내렸다.

네드 랜드는 기쁨을 억누르지 못했다.

"이제 우린 마음껏 고기를 먹는 거야. 진짜 사냥을 하는 거지.
빵은 필요 없어. 생선이 싫다는 것이 아니라 그것만 먹어서는
안 된다는 얘기야. 이글거리는 잉걸불에 그을린 신선한
고기 한 조각이면 기분 전환에 그만일 거야."

"먹보 같으니, 군침 돌게 하는군."

콩세유도 맞장구를 치고 있었다.

숲에 사냥감이 얼마나 있을지는 알 수 없었다.

우리들을 태운 보트는 환초들을 지나 모래사장에 닿았다.
뉴욕을 떠난 지 7개월 만에 땅을 밟은 것이었다. 우리는
정말정말 기뻤다. 숲으로 들어선 우리들은 야자나무 열매
몇 개를 따서 잘라 즙을 마시고 속을 파먹었다.

두 시간 동안 숲을 누비고 다닌 우리들은 푸른 나뭇잎들
사이에서 굵직하고 동그란 열매들이 열려 있는 빵나무를

발견했다. 열매의 굵기는 10센티미터 정도였고,

육각형으로 배열되어 있었으며, 겉은 꺼칠꺼칠했다.

네드 랜드는 이 열매에 대해 잘 알고 있었다. 그는 여행을

많이 하면서 이미 이 열매를 맛본 적이 있었기 때문이다.

"교수님, 이 빵나무 반죽을 조금 맛보지 못한다면

죽을 것만 같습니다."

"네드, 마음껏 맛보도록 하게."

나는 네드의 익살스런 말투에 이렇게 대꾸해 주었다.

그리고 오래 걸리지 않아 네드는 렌즈로 마른나무에

불을 붙여, 빵나무 열매를 불 위에 올려놓았다.

"교수님, 이 빵이 얼마나 맛있는지 곧 알게 될 것입니다."

"특히 오랫동안 빵에 굶주렸을 때는 더 그렇지."

콩세유도 거들었다.

"이걸 빵이라고 해서는 안 돼. 이건 감미로운 케이크야.

교수님, 한 번도 맛보지 못하셨지요?"

"그렇다네, 네드."

"좋습니다. 맛있는 것을 드실 준비나 하십시오."

우리들은 감옥을 탈출한 죄수처럼 마냥 좋아했다.

잠시 후 잘 익은 빵나무 열매의 속살이 드러났다.

그 맛은 안티초크의 맛과 비슷했다.

정오 무렵 우리들은 바나나와 커다란 두리안, 향긋한 망고,

엄청나게 굵은 파인애플 등을 거두어들였다.

하지만 아직 사냥은 시작도 하지 못했다.

"어두워지기 전에 노틸러스 호로 돌아가야만 한다네."

네드가 아쉬움을 나타내었다. 배로 돌아가는 길에 우리들은

작은 강낭콩과 마를 추가로 수확할 수 있었다.

보트에 도착했을 때는 짐을 너무 많이 싣게 되었다.

그러나 네드 랜드는 아직도 성에 차지 않는 모양이었다.

다행히 보트에 오르려는 순간, 사고야자나무를 발견하였다.

네드 랜드는 이 나무를 다루는 법도 알고 있었다. 도끼를 들어

힘차게 휘두르자 사고야자나무가 바닥에 쓰러졌다.

사고야자나무를 두세 그루 더 자른 뒤 그 날의 사냥을 끝냈다.

다음 날도 우리들은 구에보로아 섬으로 사냥을 나갔다.

네드는 오늘은 기필코 사냥다운 사냥을 하리라 다짐했다.

"여전히 새들뿐이군."

콩세유가 말했다.

"그렇지만 먹을 수 있는 것들도 있어."

네드 랜드가 말했다.

"나는 그저 앵무새들밖에 보이지 않는걸."

"이보게, 콩세유. 달리 먹을 것이 없는 사람들에게는
앵무새도 꿩이나 다름이 없다네."

그 때 깃털이 기다란 아름다운 새들이 날아오르는 모습이
눈에 띄었다. 물결치듯 비상하는 우아한 모습의 새는
바로 극락조였다.

"참새목 풍조과."

콩세유가 말했다.

오전 11시쯤, 섬의 중심을 이루고 있는 산맥으로 접어들었지만
아직까지 사냥다운 사냥을 하지 못했다. 그 때 콩세유가
하얀 비둘기와 산비둘기 두 마리를 잡았다. 그것으로
우리들은 일단 허기를 달랠 수 있었다. 네드는 네발짐승을
잡지 못하는 한 만족하지 못하겠다고 투덜거렸다.

나는 조금 전 날아오른 극락조를 떠올리며 말했다.

"극락조를 잡지 못하는 한 나도 그럴 걸세."

말레이 인들은 일반인들이 알지 못하는 극락조를 잡는
방법을 여러 가지 알고 있었다. 일반인들은 여간해서는
극락조를 잡지 못했다.

사냥은 계속되었다. 한 시간을 걸은 뒤에 사고야자나무 숲에

이르렀다. 독이 없는 뱀 몇 마리가 사람들의 발길을 피해
달아나고 있었다. 내가 새들을 맞히려고 준비하는 동안
극락조들은 벌써 날아가 버렸다.

그 때 콩세유가 환호성을 질렀다.

"무슨 일인가, 콩세유?"

"잡았습니다, 주인님. 주인님이 원하시는 극락조를 말입니다."

"오, 브라보! 콩세유."

나도 환호성을 질렀다.

"주인님이 좋아하시니 저도 정말 기쁩니다."

"자네는 정말 멋진 일을 해냈네. 살아 있는 극락조를 잡다니,
그것도 맨손으로 말일세."

"사실을 알고 나면 그다지 놀라지 않으실 겁니다.
이 새는 육두구나무 밑에서 육두구를 잔뜩 먹고
취해 있었습니다. 무절제한 욕심이 낳은 결과지요."

콩세유가 잡은 극락조는 가장 귀한 것들 가운데 하나인
큰에메랄드극락조였다. 길이가 30센티미터 정도에,
머리는 상대적으로 작고, 주둥이 가까이 붙은 두 눈도
자그마했다. 원주민들은 이 새를 '태양의 새'라고 불렀다.

드디어 2시쯤에 네드 랜드가 큼직한 멧돼지를 한 마리 잡았다.

그리고 조금 후 캥거루를 10여 마리 더 잡았다.

우리는 굉장히 기뻐했다. 저녁 식사로 석쇠에 구운 신선한
돼지고기와 비둘기 두 마리, 사고야자반죽, 빵나무 빵, 망고
몇 개, 파인애플 대여섯 개, 코코야자 발효 음료 등을 먹었다.
우리 모두는 흥겨워졌다. 그 때 콩세유가 말했다.

"이대로 노틸러스 호에 돌아가지 않는다면?"

"만일 우리가 영원히 돌아가지 않는다면?"

네드도 한술 더 뜨며 콩세유를 거들었다.

그 순간 돌멩이 하나가 일행을 향해 날아왔다.

그것은 우리들의 탈주 생각을 단숨에 날려 버리기에
충분했다. 돌멩이가 날아왔던 방향을 돌아보자 활과 투석기로
무장한 스무 명 정도의 토착민들이 비탈 위로 모습을
드러내고 있었다. 그와 동시에 토착민들이 쏘아 대는
돌과 화살들이 비 오듯 쏟아졌다.

우리들은 보트를 향하여 있는 힘껏 달렸다. 순식간에 불어난
토착민 100여 명이 고함을 지르며 우리들을 뒤쫓아왔다.
보트에 올라 전속력으로 노틸러스 호를 향해 달렸다. 혹시
노틸러스 호 선원들이 토착민들의 고함 소리를 듣고 내다보지
않을까 생각했지만, 노틸러스 호는 고요하기만 했다.

네모 선장의 계획

노틸러스 호에 닿은 나는 보트를 배에 묶어 놓고
살롱으로 내려갔다. 네모 선장은 오르간에 도취되어 있었다.
선장을 불렀지만, 선장은 듣지 못하는 것 같았다.
몇 차례 계속 부르자 네모 선장이 쳐다보았다.
"아, 교수님. 사냥은 잘 하셨습니까?"
"네, 그런데 문제가 생겼어요. 섬 토착민들이 쫓아왔습니다."
"걱정하지 마십시오. 그들은 우리가 먼저 공격하지 않는 한
우리를 공격하지 않을 것입니다."
선장은 대수롭지 않다는 듯이 다시 오르간에 손을

올려놓았다. 하지만 나는 걱정이 되어 플랫폼으로 올라갔다.

그 사이 토착민들의 수는 더 많아져 있었다.

다음 날인 1월 8일. 다시 플랫폼으로 올라갔을 때는

토착민들 거의 대부분이 활과 화살, 방패로 무장을 하고

있었다. 그리고 투석기로 정확히 날려 보낼 수 있는,

둥글게 다듬은 돌들을 그물에 담아 어깨에 메고 있었다.

우두머리로 보이는 한 토착민이 노틸러스 호 가까이 다가와

노틸러스 호를 주의 깊게 살펴보았다.

나는 네모 선장의 말을 떠올리며 신경 쓰지 않기로 하였다.

수백 명의 토착민들이 노틸러스 호 주변을 둘러싸고 있었기

때문에 사냥을 나갈 수 없었다. 그래서 플랫폼으로 나와

그물을 던졌다. 한참 뒤 그물을 거두어들이자 전복과

피뿔고둥, 해삼과 진주대합, 거북 10여 마리 등이 올라왔다.

그 속에서 시선을 끄는 것이 하나 있었는데, 그것은 기형적인

조개였다. 매우 값어치가 있는 것이었다.

콩세유가 넋을 잃고 그 조개를 살펴보고 있을 때

토착민 하나가 우리들을 향해 돌을 던졌다. 그 돌은 정확히

내 손에 있는 조개를 맞혔고 조개는 부서져 버렸다. 나는 몹시

실망했다. 순간 화가 난 콩세유가 토착민을 향해 총을

겨누었다. 내가 말리려 했지만 총알은 이미 발사되어 버렸다.

총알이 날아가 한 토착민의 부적용 조개 팔찌를 깨뜨렸다.

"주인님이 좋아하시는 물건을 부수었습니다."

"하지만 콩세유, 그것이 사람의 목숨보다 중요하지는 않아."

콩세유는 그것을 박물관에 기증하면 내 명예가 더욱

높아질 수 있었다며 안타까워했다.

나는 충직한 콩세유를 더 이상 나무라지 않았다.

토착민들 사이에서 웅성거리는 소리가 들렸다.

그러더니 곧이어 화살들이 우박처럼 노틸러스 호로 쏟아졌다.

우리는 살롱으로 내려가 네모 선장을 찾았지만, 선장은

살롱에 없었다. 선장실로 달려갔다. 그 곳에서 네모 선장은

x를 비롯한 수학 기호들로 표시된 어떤 계산을 하고 있었다.

"큰일이 벌어졌습니다. 우리를 둘러싸고 있던 토착민들이

우리를 공격하려 합니다."

"그러면 승강구를 닫으면 됩니다."

그렇게 말을 하고 나서 네모 선장은 벨을 눌러 승무원들에게

지시를 내렸다.

"이제 됐습니다. 보트는 제자리에, 승강구는 닫혔습니다."

"하지만 내일 아침 노틸러스 호는 공기를 교환해야

하잖습니까? 그럼 다시 승강구를 열어야 합니다.

그 때 저 토착민들이 배로 들어오면 어떻게 합니까?"

"나는 그들의 방문을 막고 싶은 생각은 없습니다.

그들은 선량하고 가엾은 친구들입니다.

나는 나의 구에보로아 섬 방문으로 그들이 목숨을 잃는 것을

원치 않습니다. 그렇지만 교수님께서 그들의 방문을

원하지 않는다면 조치를 취하겠습니다."

"어떻게 그것이 가능합니까?"

"그것은 내일 보시면 알게 되실 겁니다."

다음 날 오후, 노틸러스 호의 승강구가 열렸다. 토착민 20여 명이 모습을 드러냈다. 그런데 그들 중 가장 먼저 계단에 오른 토착민이 난간에 손을 대자마자 그대로 내동댕이쳐지듯 바다로 굴러 떨어졌다.

다른 토착민들 역시 마찬가지였다.

호기심을 이기지 못한 네드 랜드가 계단으로 올라갔다. 그도 두 손으로 난간을 잡자마자 나뒹굴고 말았다.

"맙소사! 전기로군."

배에 전기가 흐르고 있었다. 이것이 네모 선장이 토착민을 물리치기 위한 작전이었다. 만약 네모 선장이 이 전기선에 선박이 보유하고 있던 전류를 전부 보냈더라면 그들은 살아남지 못했을 것이다.

1월 10일. 노틸러스 호는 밀물의 마지막 물결에 실려 바다 위에 올랐다. 산호 바닥을 벗어난 노틸러스 호의 스크루가 힘차게 돌아갔다. 노틸러스 호는 항해를 시작했다. 속도는 점점 빨라졌다. 마침내 노틸러스 호는 빠른 속도로 토레스 해협을 벗어나고 있었다.

처음의 약속

1월 13일. 노틸러스 호는 티모르 해로 들어갔다.

그런데 티모르 해를 지나고부터 선상 분위기가 조금

이상해졌다. 얼마 후 네모 선장이 나를 찾았다. 그리고 처음

우리 일행들을 가두었던 선실에 우리를 다시 가두었다.

"처음에 했던 그 약속을 지켜 주시길 바랍니다."

네모 선장은 강압적으로 말했다.

네모 선장이 말한 처음의 약속이란 어떤 예상치 못한

사건이 생길 경우 몇 시간 또는 며칠 동안 선실에

가둘 것이라고 했던 바로 그것이었다.

나는 네모 선장에게 무언가 질문을 하려 했다.

그렇지만 네모 선장은 내 말을 막으며 선실을 나가 버렸다.

그의 표정에서 무언가 비장함이 느껴졌다.

네모 선장이 나가고 네드가 신경질적으로 고개를 돌렸다.

그리고 식탁에 차려져 있는 음식을 쳐다보며 말했다.

"저녁이나 먹도록 합시다."

네드의 말에 비로소 식탁에 저녁이 차려져 있음을 알았다.

우리들이 저녁을 다 먹었을 때쯤 선실에 불이 꺼졌다.

우리는 각자 구석에 자리를 잡고 누웠다. 바로 네드 랜드와

콩세유의 코 고는 소리가 들려왔다. 나는 그들이 그렇게

피곤했었는지 의심스러웠다. 하지만 나도 더 이상

깊은 생각을 하지 못하고 곧 잠이 들어 버렸다.

네모 선장이 배 안에서 일어나는 일을 감추려고 음식에

수면제를 넣었던 것이었다.

다음 날, 나는 푹신한 나의 잠자리에서 상쾌하게 일어났다.

콩세유와 네드 랜드도 마찬가지였다.

우리들이 잠들고 난 뒤 누군가 우리들을 각자의 방으로

옮겨 놓은 것이었다.

노틸러스 호는 여전히 평온하게 바다 위를 떠 가고 있었다.

아름다운 산호초 속의 무덤

나는 살롱에 앉아 여러 가지 기록을 정리하고 있었다.

그 때 네모 선장이 살롱 안으로 들어섰다.

"아로낙스 교수님, 혹시 환자를 보실 줄 아십니까?"

"물론입니다. 저는 박물관에 들어가기 전에 몇 년 동안

의사로 일했었습니다. 그런데 무슨 일입니까?"

"그러면 저를 따라오십시오."

네모 선장은 노틸러스 호 뒤쪽 선원들의 숙소로 향했다.

그리고 한 선실의 문을 열었다. 그 곳에는 40세쯤 되어 보이는

남자가 침대에 누워 있었다. 그는 단순한 환자가 아니었다.

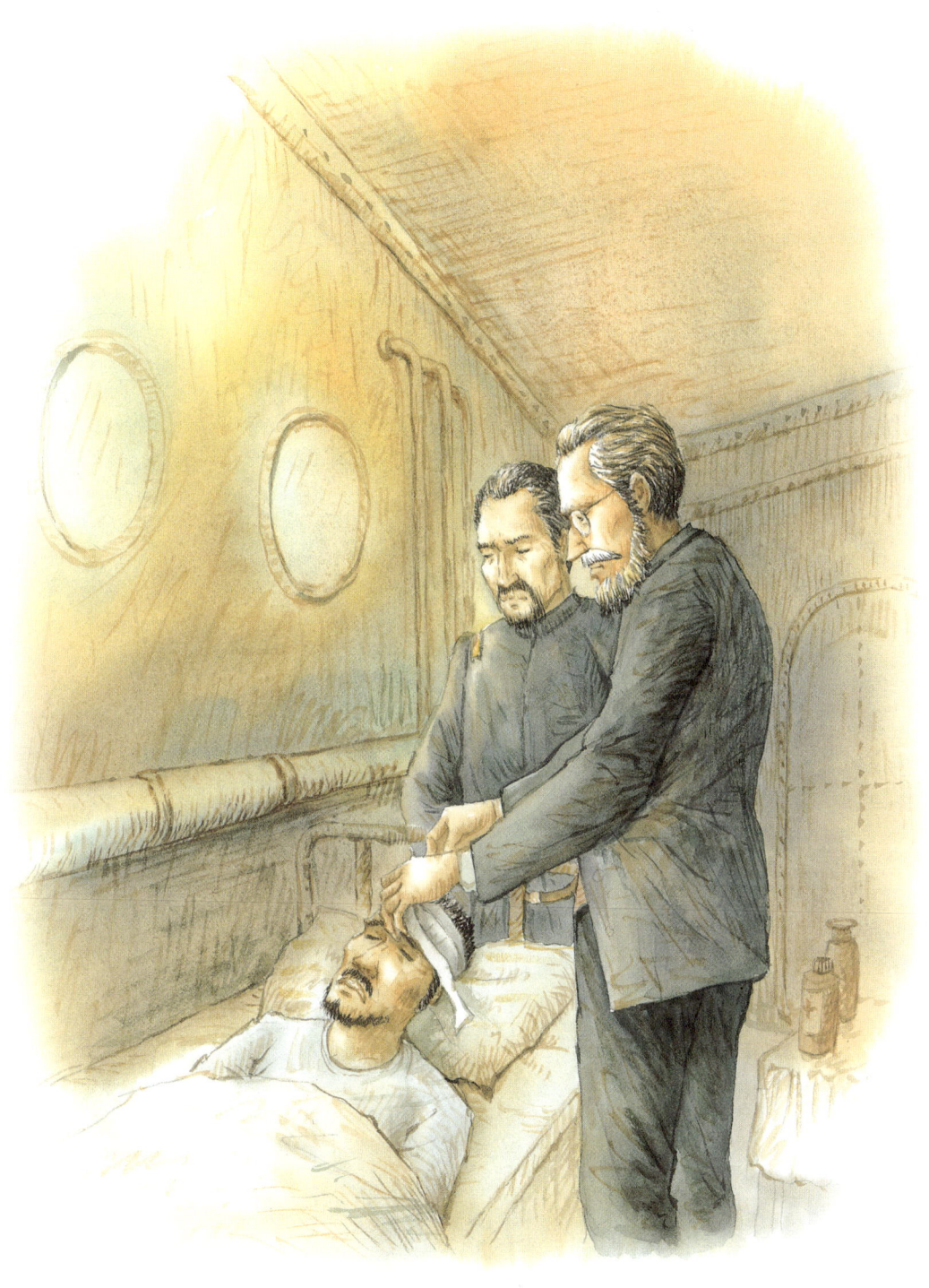

머리에 붕대를 감고 있었다. 붕대를 풀자 상처는 끔찍했다.
고통을 참아 내는 남자의 호흡은 느렸다. 근육에 경련이
일어나고 있었다. 환자의 맥을 짚어 보았다. 남자는 서서히
죽어 가고 있었다. 나는 다시 붕대를 감아 준 뒤
네모 선장과 함께 선실을 나왔다.

"어디서 다친 겁니까?"

나는 어제 우리들을 선실에 가두고 수면 효과가 있는 음식을
먹게 한 일과 이 일이 깊은 관련이 있으리라 생각했다.
하지만 네모 선장은 내가 궁금해하는 것에 대해서는
아무런 말도 하지 않았다. 단지 노틸러스 호가 충격을 받아
기계 장치의 손잡이가 부러지면서 그것이 남자의 머리를
때린 것이라고만 말했다.

"살 수 있겠습니까?"

네모 선장은 조금 떨리는 목소리로 물었다. 나는 네모 선장의
물음에 잠시 망설이다가 입을 열었다.

"저 남자……, 두 시간을 넘기지 못할 것 같습니다."

네모 선장은 절망스런 표정을 지으며 두 주먹을 꼭 쥐었다.

"알겠습니다. 교수님은 선실로 돌아가십시오."

나는 다친 동료가 누워 있는 선실로 들어가는 네모 선장의

눈에 눈물이 맺히는 것을 보았다.

부상을 당한 남자 생각에 그 날 밤 쉽게 잠을 이룰 수 없었다.

새벽녘에 눈을 뜬 나는 염을 외는 듯한 노랫소리를 들었다.

다음 날 갑판 위로 올라갔다. 내 곁으로 선장이 다가왔다.

"교수님, 오늘 해저 유람을 하지 않겠습니까?"

네모 선장의 얼굴에서 어제의 그 침통한 표정을 찾을 수

없었다. 마치 어제의 일이 실제로는 일어나지 않은 것 같았다.

"좋습니다."

"그렇다면 지금 잠수복으로 갈아입으십시오."

네드는 이번에는 꼭 함께 가겠다고 말했다. 나와 콩세유,

네드 랜드, 그리고 네모 선장과 선장의 동료들은 잠수복으로

갈아입었다. 해저 산책을 위한 복장을 갖춘 우리들은

이중 문을 지나 10미터 깊이의 해저로 들어갔다. 이 곳은

지난번 해저 여행과는 완전히 달랐다. 가는 모래라고는

전혀 없는 아름다운 산호 왕국이었다. 우리들과 네모 선장의

동료들은 산호 무리를 따라서 빽빽한 덤불길을 걸었다.

두 시간 만에 우리들은 산호로 된 울창한 숲에 도착했다.

발길이 닿는 곳마다 관산호, 뇌산호, 석죽 등이 꽃밭을 이루고

있었고, 보석처럼 눈부신 싹들이 사방에 뿌려져 있었다.

참으로 훌륭한 광경이었다. 산호로 된 숲 안으로 들어서자
널찍한 공간이 나왔다. 공터 한가운데에는 층층이 쌓아올린
돌무더기가 있었다. 그 위에 산호로 만든 십자가들이
세워져 있었다. 네모 선장이 신호를 보내자 그의 동료가
앞으로 나아갔다. 그리고 혁대에 차고 있던 곡괭이를 풀어
구덩이를 파기 시작했다.

순간 나는 이 곳이 그냥 공터가 아닌 그들의 공동묘지라는
것을 눈치챘다. 간밤에 죽은 동료의 시신을 이 곳에 묻으려는
것이었다. 하얀 천에 쌓인 시신이 축축한 무덤에 내려졌다.
네모 선장과 동료들이 사랑했던 친구를 위해 무릎을 꿇고
기도를 했다. 우리들도 경건하게 허리를 굽혔다. 선장과 그의
동료들이 마지막 작별 인사를 끝내자 우리들은 다시 노틸러스
호로 향했다. 살롱으로 들어선 나는 네모 선장에게 물었다.

"역시 그가 죽었군요."

"그렇습니다, 교수님의 말씀대로. 그리고 그는 이제
다른 동료들과 함께 산호 묘지에 잠들었습니다."

그 말을 하는 네모 선장은 몹시 슬퍼 보였다. 그의 마음이
인간을 떠난 것 같지 않았다. 이제 네모 선장의 죽은 동료는
상어나 사람들이 접근할 수 없는 곳에서 영원히 쉬게 되었다.

제2부

신비한 해저 여행

인도양

산호 묘지에서의 일은 나를 크게 감동시키도 했으며,
나의 가슴을 미어지게도 했다.

그 일이 있은 뒤 나는 가끔 콩세유의 의견을 들을 때가
있었다. 그는 네모 선장이 지상에서는 자기 재능을 충분히
발휘할 수 없어 바다 생활을 택했을 것이라고 했다.

그러나 내 생각은 달랐다. 네모 선장이 바다 생활을 하며
엄청난 일을 계획하고 있는 게 아닐까 하는 것이었다. 그러나
나는 황홀하게 시작한 해저 세계 일주를 마저 끝내고 싶었다.
해저에 쌓여 있는 수많은 신비들을 살펴보고 싶었다.

1868년 1월 21일. 노틸러스 호는 태평양에서

2만 4,000킬로미터를 돌아 인도양의 파도를 가르고 달렸다.

그 다음 날 우리들은 물새와 갈매기 같은 바닷새를 바라보며

지냈다. 그리고 또 며칠은 플랫폼에서, 살롱의 서재에서,

독서와 연구 보고서 작성 등을 하느라 지루할 틈이 없었다.

배는 인도 반도를 향해 북서쪽으로 뱃머리를 돌렸다.

"교수님, 인도 대륙에는 강이 있고, 철도가 있습니다.

그리고 영국 마을, 프랑스 마을, 인도 마을도 있습니다.

우리 고향 사람도 만날 수 있을 것입니다. 그렇다면

선장을 그대로 내버려 두고 떠날 기회도 오지 않겠습니까?"

네드 랜드가 말했다.

1월 25일, 바다는 더없이 황량했다. 오후 5시, 나는 콩세유와

함께 플랫폼에 앉아 있었다. 그 때 옛 사람들이 행운을

약속한다고 하는 아르고노트 무리를 보게 되었다.

몇백 마리나 되는 아르고노트 무리들이 노틸러스 호

바로 옆으로 지나가고 있었던 것이다. 우리들은 넋을 잃고

바라보았다. 그것은 일명 '집낙지' 라고도 불리는 귀여운

바다 생물이었다. 여덟 개의 촉수 중에서 길고 가느다란

여섯 개가 물 위에 떠 다니고 있었다. 반면 종려나무의

가지처럼 생긴 촉수 두 개는 가벼운 돛처럼
바람 부는 쪽으로 뻗어 있었다.

"집낙지는 마음대로 자신의 껍데기를 떠날 수
있지만 결코 저 껍데기를 벗어나지 않는다네."

"그건 네모 선장님과 같아 보입니다.
이 배의 이름을 아르고노트라고 불러도
좋을 것 같습니다."

나의 말에 대한 콩세유의 대답이었다.

1월 27일. 노틸러스 호는 광활한 벵갈 만으로
들어서고 있었다. 바다가 우윳빛을 띠고 있었다.
달빛 때문인가? 그건 아니었다. 그믐달에서 이제
이틀도 안 되어 달은 수평선 아래 잠겨 있었다.
바다가 우윳빛을 띠는 것은 셀 수 없이 많은
적충류들 때문에 그렇게 보이는 것으로,
암보이나 섬 근해에서는 자주 있는 현상이었다.
자정 무렵이 되어서 노틸러스 호는 우유 바다를
지나갔다. 노틸러스 호 뒤로 수평선 끝까지
하얀 물결이 반사되어 마치 북극광의 희미한
빛을 오랫동안 머금고 있는 것처럼 보였다.

선장의 새로운 제안

1월 28일. 노틸러스 호가 해수면으로 올라오자

육지가 시야에 들어왔다. 무엇보다도 산봉우리들이

한눈에 들어왔다.

노틸러스 호는 실론 섬 가까이 다가가고 있었다.

실론 섬은 지구상에서 가장 풍요로운 섬 가운데 하나였다.

그리고 진주 어장으로도 아주 유명했다.

나는 실론 섬에 관한 책자를 살펴보고 있었다.

그 때 네모 선장이 살롱으로 들어서며 말했다.

"이 곳은 진주 어장으로 유명하답니다. 진주 어장을 한번 방문해 보시겠습니까?"

"물론입니다."

나는 네모 선장의 제안을 기쁘게 받아들였다. 만약에 우리가
몇백만 프랑짜리 진주를 유럽이나 미국으로 가져간다면
우리들의 해저 여행이 입증되는 셈이었다.

그러나 아직 진주를 수확하는 시기가 아니었다.

그래서 어부들을 만날 수 없었다.

네모 선장은 노틸러스 호를 만나르 만으로 향하게 했다.

진주잡이는 벵갈 만, 인도 해, 중국해, 일본해, 아메리카의
남쪽 바다, 파나마 만, 캘리포니아 만 등지에서 이루어지고
있었다. 그렇지만 진주잡이가 가장 활발하게 이루어지는 곳은
역시 실론이라고 네모 선장이 설명했다.

"교수님, 상어를 무서워하십니까?"

누구나 바다에서 상어를 만나는 것을 두려워한다고 말하고
싶었다. 하지만 나는 아무런 말도 하지 않았다.

진주 어장은 상어의 근거지이기도 했다.

네모 선장이 살롱 밖으로 나갔다.

나는 진주 어장을 방문하는 것에 대해 다시 한 번 생각했다.

살롱을 나서서 콩세유와 네드 랜드가 머무는 선실로 향했다.

그들도 네모 선장에게서 진주 어장 방문을 초대받았다.

네모 선장은 콩세유와 네드에게는 상어에 관한 이야기를

하지 않았다. 나는 이들에게 상어에 대해 얘기를 해 줘야 하나

망설였다. 그러다 네모 선장이 내게 그랬듯이 이들의 마음을

한번 떠보기로 했다.

"네드, 자네는 상어에 대해 어떻게 생각하나?"

"교수님, 제 직업이 작살잡이입니다. 좋은 작살 하나만 있으면

바닷속에서도 걱정할 것이 없습니다."

안전에 대해 그다지 신경을 쓰지 않는 네드 랜드의 말에는

크게 기대를 하지 않았다. 그래서 이번에는 콩세유의

대답을 기대하며 물었다.

"콩세유, 자네는?"

"저는 주인님이 상어와 맞서 싸운다면 저도 주인님의

충실한 하인으로서 상어와 맞서겠습니다."

나는 콩세유의 말을 듣고 진주 어장의 초대를 거절할 수

없다는 것을 깨달았다.

인도 어부

밤이 깊어 잠자리에 들었다. 하지만 자꾸 상어가 꿈 속에
나타나서 제대로 잠을 이룰 수 없었다.

새벽 4시쯤 되자 네모 선장의 동료 한 사람이 깨우러 왔다.

나는 서둘러 옷을 갈아입고 살롱으로 나갔다.

네모 선장은 바로 잠수복을 갈아입게 하지 않고
보트에 오르라고 했다.

"잠수복으로 갈아입어야 하는 것 아닙니까?"

네모 선장을 바라보며 물었다.

"노틸러스 호는 해안 가까이 접근하지 않습니다.

그러므로 우리는 만나르 만의 진주 채취장까지 보트를 타고

가서 그 곳에서 잠수복으로 갈아입을 것입니다."

우리들과 네모 선장은 진주 채취장에 도착해서야 비로소

잠수복으로 갈아입었다. 그리고 네모 선장이 건네는 칼을

받아 허리에 찼다.

네모 선장은 상어와 싸우는 데에는 총보다 칼이

더 효과적이라고 말했다. 나는 콩세유와 네드 랜드를

쳐다보았다. 그들도 모두 허리에 칼을 차고 있었다.

거기다 네드는 미리 배에 실어 두었던 커다란 작살까지

들고 있었다.

7시쯤 우리들은 진주조개 밭을 걷고 있었다. 네모 선장이

진주조개 무리를 손으로 가리켰다. 그러자 네드가 옆구리에

차고 온 채집망을 꺼내어 서둘러 조개들을 골라 담았다.

하지만 우리들은 그 곳에 더 머물러 있을 수 없었다.

네모 선장이 샛길로 들어섰기 때문이었다.

우리들은 서둘러 네모 선장을 따라갔다. 우리들 앞에

큰 동굴이 있었다. 수중 식물로 뒤덮인 바위들이 층층이

쌓여 있었다. 네모 선장이 그 곳으로 들어갔다.

이어서 우리들도 그의 뒤를 따랐다. 네모 선장은 자꾸만

깊숙한 곳으로 들어갔다.

잠시 후 네모 선장이 걸음을 멈추었다. 그리고 앞에 있는 큰
바위 같은 것을 가리켰다. 그것은 폭이 2미터도 넘어 보이는
엄청난 크기의 조개였다. 네모 선장은 나에게 이것을
보여 주고 싶었던 것이었다. 조개가 껍데기를 벌리자
네모 선장은 잽싸게 칼을 꺼내 그 사이에 끼워 넣었다.
그리고 손으로 조갯살을 들어올려 야자 열매만 한 진주를
보여 주었다. 나는 호기심에 손을 뻗었다. 그러자 네모 선장이
안 된다고 고개를 저었다. 그러고는 곧 칼을 뽑았다. 껍데기는
순식간에 닫혔다. 우리들은 네모 선장이 이 진주를 기르고
있다는 것을 알 수 있었다. 나는 그 진주의 값어치가
1,000만 프랑은 나갈 것이라고 생각했다.

우리들은 동굴 밖으로 나와서 다시 조개 밭으로 돌아왔다.
10분쯤 뒤 네모 선장이 갑자기 걸음을 멈추었다.
이제 노틸러스 호로 돌아가려는 것이라고 생각했다.
하지만 네모 선장은 우리에게 숨으라는 신호를 보냈다.
혹시 상어가 나타난 것은 아닌가 긴장하였지만 그것은
아니었다. 가난한 인도 인 어부가 작은 진주를 건져 올리기
위해 나온 것이었다. 그는 발로 돌을 감싸쥐며 바다 밑으로

내려왔다. 그리고 진주를 담아 다시 물 위로 올라가곤 했다.
어부는 우리들을 보지 못했다.

반 시간 가량 그렇게 진주 채집을 하던 어부가 갑자기
공포에 질린 듯한 몸짓을 하였다. 어부는 수면으로 올라가려
했지만 검은 그림자가 어부 위로 나타났다. 상어였다. 상어는
입을 벌리고 어부에게 다가가고 있었다. 상어가 어부를
덮치려 하자 어부는 재빠르게 몸을 피했다. 하지만 날아드는
상어의 꼬리를 피하지 못하고 그대로 가슴을 얻어맞았다.
상어는 정신을 잃은 어부를 향해 다가갔다.

그 때 네모 선장이 칼을 손에 쥐고 상어에게 달려들었다.
그는 칼로 상어의 배를 찔렀다. 생사를 건 싸움이 시작되었다.
네모 선장은 사정없이 상어의 배를 칼로 찔렀다.
하지만 곧바로 심장을 찌르지는 못하였다. 나는 네모 선장을
도와야 한다는 것을 알았지만 어떻게 도와야 할지 생각이
나질 않았다. 그러는 사이 싸움은 네모 선장에게 불리하게
돌아가고 있었다. 마침내 선장이 바닥에 내동댕이쳐졌다.
그 때 손에 작살을 쥔 네드 랜드가 번개처럼 빠르게 상어에게
작살을 던졌다. 네드 랜드의 작살은 그대로 상어의 심장에
꽂혔고, 상어는 몸을 비틀며 무섭게 발버둥쳐 댔다.

그 사이 네모 선장은 몸을 일으켜 어부에게로 갔다.

그리고 돌을 묶어 놓은 밧줄을 잘라 주었다.

네모 선장은 어부를 어선으로 데리고 올라가서 인공호흡을

했다. 그러자 어부가 바닷물을 토해 내며 천천히 눈을 떴다.

어부가 정신을 차리자 네모 선장은 자신의 진주 주머니

하나를 건넸다. 어부는 떨리는 손으로 네모 선장이 주는

주머니를 받아 들었다.

보트로 돌아온 네모 선장은 구리 갑옷을 벗자마자

네드 랜드에게 고맙다고 말했다.

"선장님에게 진 빚을 갚았을 뿐입니다."

작살잡이 네드 랜드의 말을 들은 네모 선장은 입꼬리를

살짝 올리며 희미하게 미소를 지었다. 노틸러스 호로 향하던

일행들은 보트 위에서 네드 랜드가 조금 전 작살로 잡은

상어가 물 위로 떠오르는 것을 보았다.

나는 노틸러스 호로 돌아와서 네모 선장에 대해 다시 한 번

생각하게 되었다. 지상의 인간에 대한 네모 선장의 사랑은

결코 식은 것이 아니었다. 선장에게는 인간에 대한

따스한 마음이 있었다. 그는 억압당하는 민족과 인종에게

힘이 되어 줄 수 있는 사람 같았다.

아라비아 터널

1월 29일 오후. 노틸러스 호는 다시금 항해를 시작해
실론 섬을 벗어나 북북서로 향했다.
네드가 불만 섞인 목소리로 말했다.
"도대체 네모 선장은 우리를 어디로 데리고 가는 겁니까?"
"네드, 우리들은 선장이 이끄는 곳으로 가고 있다네."
노틸러스 호는 아라비아 만 여기저기를 1주일 넘게
돌아다녔다. 2월 7일 정오에 노틸러스 호는 홍해 동쪽 해안의
아름다운 바위들을 스치고 있었다.
언제 나타났는지 네모 선장이 나에게 말을 걸었다.

"교수님, 홍해가 마음에 드십니까?"

홍해는 성경에 나오는 유명한 호수이다. 이스라엘 민족이
건너간 뒤에 파라오의 군대가 전멸했을 때 바닷물이 핏빛으로
붉어졌다는 홍해. 비가 와도 시원해지지 않고, 물이 흘러드는
큰 강도 없다. 해마다 1.5미터씩 낮아졌지만, 그것은 홍해에
들어오는 물만큼만 낮아지는 것이었다.

로마 황제 시절, 세계 무역의 동맥이었던 그 홍해를 지금
지나고 있는 것이다. 나는 플랫폼에서 홍해에 서식하고 있는
수많은 물고기들을 살피고 있었다.

"그렇습니다, 선장님. 그런데 지금 어디로 향하고 있습니까?"

"내일 모레면 지중해에 가 있을 것입니다."

"지중해 말입니까?"

나는 이 수수께끼 같은 사나이가 지금 무슨 말을 하고 있는지
도무지 이해를 할 수가 없었다. 아무리 노틸러스 호의 속도가
빠르다고는 하지만 이틀 만에 아프리카의 희망봉을 지나
지중해로 갈 수는 없었다.

"노틸러스 호의 최고 속도를 계산할 수가 없군요.
아프리카의 희망봉을 지나 지중해로 가는 데 걸리는 시간이
이틀이라니요."

그러자 네모 선장이 웃으며 말했다.

"우리는 아프리카를 돌아 희망봉을 지나지 않습니다. 제가
발견한 아라비아 터널을 지나 지중해로 갑니다. 아라비아
터널은 수에즈 밑에서 시작해서 펠루즈 만으로 통합니다."

"홍해와 지중해를 연결하는 터널이 있다고요?"

"네. 저는 그것을 확인하기 위해 수에즈 근처에서 많은
물고기를 잡아 꼬리에 구리로 만든 고리를 달아 다시 바다에
풀어 주었습니다. 그리고 몇 달 뒤 시리아 해안에서 그것들을
다시 잡았습니다. 그러므로 저는 두 바다 사이에 통로가
있다는 것을 확신했습니다. 노틸러스 호는 그것을 발견했고,
저는 그 속을 탐험했습니다. 교수님도 곧 저의 아라비아
터널을 보시게 될 것입니다."

나는 이 믿을 수 없는 이야기를 콩세유와 네드에게 해 주었다.
콩세유는 흥미로워했다. 그러나 네드는 어깨를 으쓱해 보이며
이렇게 말했다.

"그런 말은 들어 본 적도 없습니다."

"네드, 자네는 노틸러스 호에 대한 이야기도
들어 본 적이 없다고 했어."

콩세유가 네드의 말에 반박했다.

듀공 사냥

2월 10일. 노틸러스 호는 아라비아 해안에 접근했다.

우리들은 플랫폼에 나와 있었다.

네드가 바닷속을 가리키며 소리쳤다.

"교수님, 저기 뭐가 보이지 않습니까?"

"저건 세이렌이야!"

콩세유가 소리쳤다. 세이렌은 그리스 신화에 나오는,

반은 여자이고 반은 새의 모습을 한 바다 요정이었다.

"아닐세, 콩세유. 저건 홍해에 몇 남지 않은

신기한 동물 듀공이야."

"세이렌목 물고기군 포유류강 척추동물문."

분류학의 대가답게 콩세유가 응대했다. 그렇지만 네드는

꼼짝 않고 바닷속 물체를 주시하고 있었다.

"아, 교수님. 저는 저런 것을 한 번도 잡아 본 적이 없습니다."

그 때 네모 선장이 플랫폼으로 올라왔다. 듀공을 바라보는

네드 랜드의 눈이 빛났다.

"네드 씨, 저 듀공을 사냥해 보고 싶지 않으세요?"

"물론이에요, 선장님."

"그럼 한번 해 보세요.

그런데 저 짐승을 반드시 잡아야 합니다."

"듀공 사냥이 위험한가 봐요?"

네드는 어깨를 으쓱해 보이며 물었다.

"저 짐승을 헛 건드리면 해를 입힌 사람에게 꼭 되돌아와

보트를 뒤집어 버린답니다."

하지만 네드는 네모 선장의 말을 주의 깊게 듣지 않았다.

우리들은 네모 선장의 동료들이 젓는 보트에 올라탔다.

"교수님, 행운을 빕니다."

네드 랜드가 겨냥한 듀공은 7미터가 넘는 엄청난 크기였다.

보트가 5, 6미터 가까이 다가가자 네드가 상체를 약간 뒤로

젖힌 채 작살을 흔들었다. 그 때 갑자기 바람 소리가 나는

듯싶더니 듀공이 물 속으로 사라져 버렸다.

힘껏 날린 네드의 작살만 바다로 던져졌다.

"젠장, 놓쳐 버렸어."

네드가 화를 내며 소리쳤다. 하지만 네드가 던진 작살에
듀공이 맞은 것은 분명해 보였다. 바닷물에 핏빛이 번지고
있었던 것이다. 다시 작살을 들어올린 네드는 조금 더
신중하게 자세를 잡고 듀공을 겨냥했다.

듀공은 빠른 속도로 수면 위와 아래를 왔다 갔다 하며
달아나고 있었다. 듀공을 잡는 일은 몹시 어려워 보였다.
1시간가량 듀공을 쫓았다. 그런데 오히려 듀공이 그들을 향해
돌진해 오는 것이었다!

"조심해!"

네드가 소리쳤고, 그와 거의 동시에 듀공이 보트를
들이받았다. 다행히 보트와 듀공이 정면으로 충돌하지는
않았다. 그렇지만 뱃머리에 있던 네드가 듀공을 작살로
찌르지 않았다면 또 어떻게 되었을지 알 수 없었다.

듀공 사냥은 거의 막상막하로 끝이 났다.

저녁 식사로 네드가 잡은 듀공 요리가 몇 점 올라왔다. 어린
송아지고기보다도 훨씬 맛있었다. 이제 노틸러스 호의
식량 창고는 한층 그윽한 맛이 나는 고기로 풍요로워졌다.

2월 11일 오후 5시 무렵. 노틸러스 호는 수에즈 만으로

이어지는 구발 해협으로 들어섰다.

"저것은 수에즈의 등선입니다. 우리는 곧 아라비아 터널
입구에 도착할 것입니다."

언제나 그랬던 것처럼 네모 선장이 친절하게 설명해 주었다.
출입구가 닫히고 저수 탱크가 채워지자 배는 10여 미터
아래로 내려갔다.

"교수님, 저와 함께 조종실로 가지 않겠습니까?"

나는 네모 선장의 제안을 흔쾌히 승낙했다. 조종실은 플랫폼
끄트머리에 솟아 있었다. 노틸러스 호가 속도를 눈에 띄게
줄였다. 그리고 한 시간가량 바위 벽을 따라 내려갔다.

드디어 아라비아 터널 입구가 보였다. 그 순간부터는
네모 선장이 직접 키를 잡았다.

2월 11일 오후 10시 15분. 노틸러스 호는 물의 흐름을 따라
쏜살같이 터널 안으로 흘러들어갔다.

내 심장은 빠르게 뛰고 있었다. 긴장되는 시간이었다.

10시 35분, 네모 선장의 목소리가 들렸다.

"지중해입니다."

20분도 채 걸리지 않아 노틸러스 호는 수에즈 지형을 건너
지중해로 나온 것이었다.

금괴 상자

2월 12일 새벽. 노틸러스 호는 물 위로 떠올랐다.

7시쯤, 콩세유와 네드가 내가 있는 플랫폼으로 올라왔다.

네드가 빈정대는 말투로 말했다.

"지중해는 어떻게 됐습니까?"

"우리는 지금 지중해 해상에 떠 있다네, 네드."

콩세유와 네드가 놀라며 동시에 말했다.

"간밤에 말씀이에요?"

"그렇다네. 지난 밤 우리는 아라비아 터널을 통과해

지중해로 넘어왔다네. 내가 두 눈으로 직접 확인했다니까."

그제야 주위를 둘러본 네드는 바다를 따라 뻗어 있는
포트사이드의 방파제를 분간해 내었다. 분명 지중해였다.

"정말 지중해가 맞군요."

네드는 혼잣말처럼 중얼거렸다. 그리고 다시 한 번 탈출에
대해 말했다. 네드는 이번만은 쉽게 넘어가지 않겠다고
마음먹었던 것이다. 그래서 콩세유에게 먼저 물어 보았다.
다수결을 해서라도 탈출을 관철시킬 생각이었다.

"콩세유, 자네 생각은 어떤가?"

콩세유는 네드 랜드의 말에 나직하고 점잖은
목소리로 대답했다.

"이 문제에 관해서 저의 대답은 이렇습니다. 이 자리에는 오직
두 사람만이 있을 뿐입니다. 한쪽은 주인님이고 또 한쪽은
네드 랜드입니다. 두 분의 의견에 따르겠습니다.
이렇게 말했으니 콩세유는 가만히 듣고 있겠습니다."

네드는 콩세유가 그의 의견에 반대하지 않는 것에 만족했다.

"그럼, 교수님. 우리 둘이 이야기하지요. 이제 제 생각을
아셨으니 교수님의 생각을 말씀해 주십시오."

"여보게, 네드. 나도 자네 말이 옳다고 생각하네.
물론 네모 선장이 호의를 베풀 것이라고 기대할 수도 없지.

그가 우리들을 풀어 줄 리가 없으니까. 그래서 나는
노틸러스 호를 떠날 기회가 생기는 대로 그것을 이용하기로
하겠네. 하지만 우리들의 탈출 시도가 바로 우리의 생명과
직결되니까 신중해야 한다고 생각하네."

"옳으신 말씀입니다. 이제 교수님의 생각을 알았으니
계획을 세우는 대로 알려 드리겠습니다."

며칠 뒤 나는 평소처럼 살롱에서 유리창을 통해
물고기들을 살피고 있었다. 그 때 바닷물 속에서 조난자로
보이는 사람을 발견했다.

"네모 선장님, 조난당한 사람입니다. 어서 구해야 합니다."

그 남자는 노틸러스 호 유리창을 통해 우리를 바라보고
있었다. 그러자 놀랍게도 네모 선장이 그 남자에게 어떤
신호를 보내는 것이었다. 남자가 네모 선장의 신호에
답을 하더니 곧장 바다 위로 올라가 버렸다.

"저 사람은 니콜라스입니다. 정말 대단한 잠수부죠.
뭍에서 사는 시간보다 물에서 사는 시간이 더 많답니다."

"선장님이 아는 사람입니까?"

"물론입니다, 교수님."

그 말을 하고 네모 선장은 살롱의 왼쪽 덧창과 가까운 곳에

있는 가구를 향해 걸어갔다. 그 가구 옆에 쇠테를 두른 궤짝이
하나 보였다. 궤짝의 뚜껑에는 '움직임 속의 움직임' 이라는
노틸러스 호에 새겨진 글자와 함께 암호 같은 것이 새겨져
있었다. 네모 선장이 가구의 문을 열자 그 속에서 많은
금덩이들이 모습을 나타냈다.

네모 선장은 그 금괴를 하나씩 궤짝에 집어 넣었다.

궤짝이 가득 채워지자 네모 선장은 뚜껑 위에 주소를 적었다.

일을 마친 네모 선장은 승무원실과 전선으로 연결된 단추를
눌러 동료들을 불렀다. 네 명의 동료들이 살롱으로 들어와
궤짝을 들고 밖으로 나갔다.

잠자리에 든 나는 잠수부의 출현과 금 궤짝 사이의 관계에
대하여 생각하고 있었다. 그 때 플랫폼에서 발자국 소리가
들려왔다. 보트를 풀어 바다에 띄우는 것 같았다.

그 수백만 프랑어치의 금덩이들은 어디로 가는 것일까?

네모 선장은 도대체 무엇을 하며, 그런 금덩이들은 또 어디서
구한 것일까? 의문은 꼬리에 꼬리를 물고 이어졌다.

다음 날, 나는 콩세유와 네드 랜드와 함께 그 금덩이에 대해
이야기를 나누었다. 모두들 그 금덩이가 어디서 왔으며
어디로 간 것인지 궁금할 뿐 아무것도 추측할 수 없었다.

용광로 같은 바다

점심 식사를 마치고 늘 그랬던 것처럼 살롱으로 들어섰다.
그런데 전과는 달리 살롱 안은 지독한 열기로 가득 차 있었다.
지금 노틸러스 호는 수심 18미터로 잠수 중이었다.
지금까지 없었던 현상을 나는 이해할 수 없었다. 그러나
온도는 더욱 올라가고 있었다. 그 때 네모 선장이 살롱 안으로
들어섰다. 네모 선장이 온도계를 살펴보더니 말했다.
"42도로군요."
"마치 끓는 물 속에 들어와 있는 것 같습니다."
"맞습니다, 교수님. 우리는 끓는 물 속에 들어와 있습니다."

도대체 네모 선장이 무슨 말을 하는지 알 수가 없었다.

네모 선장이 살롱의 덧창을 열었다. 노틸러스 호 주변이 온통 새하얀 빛으로 둘러싸여 있었다. 그것은 유황의 증기가 퍼져 나가면서 보이는 현상이었다.

"우리는 지금 용광로 같은 바닷속을 달리고 있습니다. 산토린 섬 근처에 와 있지요. 좀 더 정확히 말씀드리자면 네아카메니와 팔레아카메니를 가르는 수로 안입니다. 교수님께 해저 분출의 신기한 광경을 보여 드리려고 이 곳으로 들어왔습니다. 어떠십니까? 태평양에서 대륙을 만들어 내는 것이 적충류라면 이 곳에서는 화산 활동입니다."

바다는 조금 전 흰색에서 붉은색으로 바뀌고 있었다. 철염 때문에 생긴 착색 현상이었다. 살롱 안으로도 유황 냄새가 퍼지고 있었다.

"더 이상 이 끓는 물 속에 있을 수 없습니다."

그러자 네모 선장이 노틸러스 호의 뱃머리를 돌리게 했다. 15분 뒤, 노틸러스 호는 바다 위로 올라왔다.

만약 이 곳에서 탈출을 시도했더라면 큰일이 날 뻔했다.

2월 16일. 노틸러스 호는 로도스 섬과 알렉산드라 사이의 지역을 떠나갔다. 그리고 마타판 곶을 돌아 세리고 앞바다를 항해함으로써 에게 해를 뒤로 하였다.

지중해는 유난히 푸른 바다였다. 오렌지, 알로에, 선인장,
해송 들이 해안을 장식한 바다, 거친 산에 둘러싸인 깨끗한
바다. 그렇지만 끝없는 지구의 싸움터로 뜨거운 열기가

그치지 않는 바다. 그 바다를 지금 지나고 있는 것이었다.
길이가 1미터나 되는 칠성장어들이 헤엄을 치고 있었다.
등에 반점이 있는 가오리, 냄새를 잘 맡는다는 바다여우,
민물이건 짠물이건 가리지 않고 강, 호수, 바다 어디에서든
살아가는 만새기, 맛이 좋은 철갑상어 등이 지중해를
아름답게 장식하고 있었다.
시칠리아와 튀니지 해안을 지날 무렵 노틸러스 호는
리비아 해협을 가로막고 있는 긴 암초 지대를 조심스럽게
빠져 나가고 있었다. 암초는 화산 활동으로 생긴 것이었다.
그 때 콩세유가 말했다.
"아, 언제고 화산의 힘으로 해협의 장벽이 솟아오른다면
어떻게 될까요?"
"그런 일은 일어나지 않을 걸세. 화산들이 점점 꺼져 가고
있으니까. 그러나 화산의 열기는 지구의 생명이라네."
콩세유가 다시 물었다.
"지구의 생명은 태양에서 오지 않습니까?"
"태양만으로는 지구의 생명을 살리는 데 부족하다네.
태양이 죽은 시신에 체온을 돌려줄 수 있나? 그러나 지구는
언젠가 죽은 시신과 같을 걸세. 생명의 기운을 잃어버린

달처럼 사람이 살 수 없게 될 것이네."

"몇 세기쯤 뒤에 그렇게 될까요?"

밤사이 노틸러스 호는 3,000미터나 되는 지중해의 두 번째
해역으로 들어섰다. 그 곳에는 끔찍한 잔해들이 널려 있었다.
아프리카와 유럽 해안이 서로 얽혀드는 이 비좁은 해역에서
배들이 자주 충돌했던 것이다. 노틸러스 호는 전속력으로
달렸다. 2월 18일 새벽 3시경, 지브롤터 해협의 입구에
다다랐다. 그리고 몇 분 뒤에는 대서양의 파도 위를 항해했다.
나는 갑판에 나가 산책을 했다. 그러나 곧이어 바람이 강하게
불어서 내 방으로 돌아왔다. 콩세유는 자기 선실로 갔지만
네드 랜드는 내 뒤를 따라 들어왔다. 입을 꾹 다물고
눈썹을 찌푸린 네드는 나를 빤히 쳐다보고 있었다.

"실망할 때는 아니네, 네드."

나는 네드가 탈출할 기회를 놓친 것에 대해 책임을 느끼고
있다고 여겼으므로 위로의 말을 건넸다.

그런데 네드는 좀처럼 입을 열지 않았다.

"곧 다시 탈출할 기회를 잡을 수 있을 것일세."

내가 다시 위로를 하자 바로 네드가 말을 받았다.

"바로 오늘 저녁입니다!"

탈출 실패

"우리는 때를 기다리자고 약속했고, 그 때를 잡았습니다.
오늘 저녁엔 에스파냐 해안과 불과 몇 킬로미터 떨어지지
않은 곳에 있습니다. 이제 교수님께서 약속을 지키실
때입니다. 오늘 밤 9시입니다. 콩세유에게는 이미 말했습니다.
그 시간이면 네모 선장은 잠들어 있을 것이고 기관사들도
우리를 볼 수 없을 것입니다. 콩세유와 제가 중앙 계단으로
갈 테니 교수님은 그 때 그 곳에서 제 신호를 기다리시면
됩니다. 식량도 조금 구해 놓았습니다."
"바람이 이렇게 심하게 부는데 괜찮을까?"

"바람을 등에 업으면 보트가 더 빨리 움직이지요."

말을 마친 네드는 자기 선실로 돌아갔다. 마음이 흔들렸다.
자유를 되찾고 싶은 욕망과 해저 연구를 미완성으로 남기게
된다는 아쉬움 때문이었다. 나는 두 번이나 살롱으로 나갔다.
나침반을 살피기 위해서였다. 노틸러스 호는 포르투갈
해역에서 바닷가를 따라 북쪽으로 가고 있었다.

며칠째 네모 선장의 모습은 보이지 않았다. 가끔 그는 그렇게
보이지 않을 때가 있었다. 가능하면 노틸러스 호를 떠나기
전에 그를 한 번 볼 수 있으면 했다. 그러나 한편 그를
본다는 것이 두렵기도 했다. 나는 마지막으로 살롱으로
들어섰다. 진귀한 보물들, 수많은 나날을 파묻혀 지냈던
자연의 신비들, 예술품의 걸작들을 차례로 둘러보았다.
덧문이 닫혀 있어 대서양의 바다는 볼 수 없었다. 살롱을
거닐던 나는 어느 새 네모 선장의 선실 앞에 서 있었다. 문이
살짝 열려 있었고, 선장은 자리에 없었다. 나는 조심스럽게
안으로 들어갔다. 벽에 걸려 있던 초상화들이 눈에 들어왔다.
코슈추슈코, 보자리스, 워싱턴, 마닌, 링컨, 빅토르 위고, 존
브라운 등이었다. 초상화들을 보고 있는 동안 8시를 알리는
종이 울렸다. 그 소리에 깜짝 놀라 서둘러 네모 선장의

선실에서 나왔다. 노틸러스 호의 진로는 여전히 북쪽을
향하고 있었다. 수심은 약 18미터를 가리키고 있었다. 네드
랜드의 계획대로 순조롭게 돌아가고 있었다. 나는 선실로
돌아와 탈출을 위해 따뜻한 옷으로 갈아입었다. 준비가 다
되어 가는데, 갑자기 무슨 소리가 들려왔다. 탈출 계획이
발각된 것인가 하여 귀를 기울였지만 그런 것 같지는 않았다.
9시가 되기 몇 분 전 나는 다시 선실 문 앞에 서 있었다.
그리고 서재로 통하는 문을 통해 중앙 계단 옆으로 가서
네드 랜드의 신호를 기다렸다. 하지만 네드 랜드는 신호를
보내지 않았다. 배의 충돌을 느꼈기 때문이었다. 나도 가벼운
충격을 느끼고는 노틸러스 호가 막 해저에 멈추었다는 것을
알았다. 그 때 살롱 문을 열고 네모 선장이 모습을 나타냈다.
"교수님, 에스파냐의 역사에 대해 아십니까?"
"잘 모릅니다."
네모 선장은 자리에 앉아 에스파냐 역사에 대해
이야기하기 시작했다.
"교수님께서 흥미를 느끼실지 모르겠습니다. 1702년
루이 14세는 자신의 손자인 앙주 공작을 필리프 5세라고 칭해
왕위를 물려주었습니다. 그런데 네덜란드, 오스트리아, 영국

왕실들은 필리프 5세에게서 왕좌를 탈취하여 샤를 3세라는
공작에게 주기로 하였습니다. 에스파냐는 그들과 싸울 군비를
마련하려고 미국에서 금과 은을 배에 실어 오게 했지요.
그래서 가깝게 지내던 프랑스의 샤토 르노 제독이 지휘하는
스물세 척의 전선들을 보내 이 배들을 호송하도록 했습니다.
선단은 카디스 만으로 들어와야 했지만 영국 함대가
이 해역을 막고 있어서 프랑스 항구로 가기로 결정했습니다.
그리고 만약 카디스가 안 될 경우 에스파냐 남서쪽에 위치한
비고 만으로 가기로 하였습니다. 그 곳은 봉쇄되어 있지
않았습니다. 그들은 동맹국 함대가 도착하기 전에 금은보화를
내려야 했습니다. 그런데 우유부단한 필리프 5세는 배에서
짐을 부리지 말고 며칠만 비고 만에 정박해 있으라는 명령을
내렸습니다. 그러는 사이 영국 함대가 비고 만에 도착했지요.
르노 제독이 이끄는 선단과 영국 함대 사이에 싸움이
시작되었습니다. 르노 제독이 용감하게 싸웠으나, 결국
패하고 말았습니다. 그는 금은보화가 적들의 손에 넘어갈
지경에 이르자 배에 불을 지르고 배를 가라앉혔습니다.
엄청난 보물과 함께 수장되어 버린 것이지요."
나는 내가 왜 이런 이야기를 듣고 있어야 하는지

알 수 없다는 표정을 지었다.

"아로낙스 교수님, 지금 우리가 있는 곳이

바로 그 비고 만입니다."

선장이 몸을 일으키며 말했다.

"저와 함께 가시겠습니까?"

선장을 따라간 곳에서 노틸러스 호의 선원들이

난파선에서 금은보화가 든 상자들을 꺼내

나르고 있는 모습을 보았다.

이 곳이 1702년 해전이 있었던 바로

그 현장이었던 것이다.

비로소 나는 네모 선장이 그토록 많은 금덩이를 가지고
있었던 이유를 알게 되었다.

"교수님, 바다가 수많은 보물을 간직하고 있는 곳이라는 것을
이제 아셨습니까? 이런 곳은 비고 만뿐이 아닙니다.
이제 제가 어떻게 억만장자가 되었는지 아시겠습니까?"

"네, 그런데 이 세상에는 빈곤한 사람들이 너무 많습니다.
분배만 잘 된다면 이 많은 재물들이 훨씬 더 유익하게
쓰일 수 있을 것입니다."

내가 아쉬움을 나타내자 네모 선장은 기분이 상한 듯이
이렇게 말했다.

"교수님은 제가 이 재화를 오로지 나를 위해서만 사용한다고
생각하십니까? 세상의 고통받는 사람들, 억압받는 민족들,
돌봐 주어야 할 불쌍한 사람들, 대신 복수해 주어야 할
희생자들을 제가 모른 척한다고 생각하십니까?"

여기까지 말을 하고 갑자기 네모 선장이 입을 다물었다.
아마도 하지 말아야 할 말까지 한 것 같아서 그랬을 것이다.
네모 선장의 가슴은 다른 이의 고통 앞에 두근거리는 것
같았다. 그의 자비심은 개인뿐 아니라 억압받는 민족에게까지
뻗어 있었다. 그는 따뜻한 인간으로 남아 있었던 것이다.

해저 속에 잠든 아틀란티스

2월 19일. 네드가 아주 실망스런 표정으로 나를 찾아왔다.

"어제 우린 지독히도 운이 없었네."

"네, 맞습니다. 이 망할 놈의 선장이 우리가 탈출하려고 한 그 시각에 배를 멈추었지 뭡니까?"

네드는 몹시 화가 나 있었다.

"그의 은행에 볼일이 있었다네."

"은행이라니요?"

"은행 시설이라고 해야겠군. 그 어느 나라의 금고보다도 훨씬 안전한 바다 말일세."

나는 어제 지켜본 비고 만의 오래 된 난파선에서 금괴를
나르던 광경을 네드에게 이야기해 주었다.

"다음에는 꼭 탈출에 성공할 것입니다."

그렇게 말하고 네드는 콩세유 혼자 있는 선실로 돌아갔다.

노틸러스 호는 남남서를 향해 달리고 있었다. 한 시간 뒤
노틸러스 호는 가장 가까운 해안에서도 600킬로미터나
떨어진 곳에 있었다. 탈주를 생각할 여지가 전혀 없었다.
네드의 분노는 여간 아니었다.

이 곳에서 네모 선장은 나에게 색다른 산책을 제안했다.
그것은 밤의 해저를 구경하자는 것이었다. 그런데 이 산책에
콩세유와 네드는 초대하지 않았다.

나와 네모 선장은 잠수복을 입고 대서양 해저 속으로
들어갔다. 얼마쯤 걸어가다 네모 선장이 불그스름한
점 하나를 가리켰다. 우리들은 그 점을 목표로 나란히
걸어갔다. 점차 앞이 밝아지고 있었다. 우리들은 산으로
오르는 비탈로 들어섰다. 넓게 퍼진 잡목들 사이로 난
힘든 길을 헤쳐 나가야 했다. 오솔길은 해초와 모자반 속으로
뒤덮여 있었고 갑각류들이 우글거렸다.

우리는 바위를 기어오르고, 쓰러진 나무들을 건너뛰고,

바다 넝쿨들을 잘라 내며 전진했다.

노틸러스 호를 떠난 지 두 시간 만에 우리는 산림 지대를

지났다. 그러자 넓게 펼쳐진 돌밭 사이로 희미한 형태의 성이

보였다. 여기가 어디냐고 묻고 싶어 네모 선장의 팔을

잡아당겼다. 그러자 네모 선장이 고개를 저으며 산꼭대기를

가리켰다. 몇 분 뒤 우리는 산 정상에 올랐다.

아래로는 폐허가 되어 물에 잠긴 도시가 보였다. 건물들의

지붕도 무너져 있었고, 기둥들은 바다에 넘어져 있었다.

한쪽으로는 무너진 긴 성벽도 보였고, 황폐한 넓은 도로도

있었다. 그것은 물 밑에 가라앉은 폼페이의 모습이었다.

네모 선장이 보여 주고 싶었던 것은 바로 이 곳이었다.
도대체 여기가 어디인지 궁금해 무거운 구리 캡슐을
벗어던지고 싶었다. 그 때 네모 선장이 다가와 석회 조각
하나를 집어 들고 검은 현무암 위에 다음과 같은 낱말을 썼다.
'아틀란티스.'
먼 옛날 대서양 위에 있었다는 대륙, 그런데 어느 한순간에
해저로 가라앉았다는 대륙, 그리스 인들과 전쟁을 벌였던
수수께끼의 대륙 아틀란티스였다. 나는 수천 년이 지난
이 도시의 폐허들을 손으로 만지고 있었다. 나는 아프리카와
아메리카를 이으며 이 거대한 대륙을 누비고 노아의 대홍수
이전의 도시들을 방문하고 있었다. 내가 이렇게 꿈 속을
헤매는 동안 네모 선장은 비석에 기댄 채 꿈쩍 않고 있었다.
마치 사라진 이 도시를 생각하며 인간의 문명에 담긴 비밀을
묻고 있는 것 같았다. 역사의 기억 속으로 들어가 고대의
삶에서 무엇인가 얻으려 이런 곳을 찾는 것이 아닌가 하는
생각도 들었다. 그의 생각을 알고, 함께하고, 이해할 수만
있다면 내가 무엇을 못 할 것인가!
한 시간가량 그 곳에 머문 뒤 석화된 숲을 지나 노틸러스 호로
돌아왔다. 머릿속에 오랫동안 그 광경이 각인되어 있었다.

해저 탄광

다음 날인 2월 20일. 나는 늦게 잠에서 깨어났다.

간밤의 피로로 11시까지 잠 속에 빠져 있었던 것이다.

노틸러스 호는 시속 30킬로미터의 속도로 남쪽을 향해

달려가고 있었다.

노틸러스 호가 10미터쯤 높이로 아틀란티스 평원을

스쳐 지나갔다. 이 기묘한 경관을 지나는 동안 나는

네드와 콩세유에게 아틀란티스에 대한 이야기를 해 주었다.

그러나 콩세유는 그 이야기보다 수많은 물고기를 분류하는

것을 더 즐거워하고 있었다.

다음 날 오후 4시였다. 노틸러스 호 밖으로 두꺼운 갯벌로
이루어진 석화된 나뭇가지들이 뒤섞인 지면이 보였다.

돌이 더 많아졌고, 역암, 응회암 등이 깔려 있어 용암과 황을
비롯해 흑요석이 여기저기 박혀 있었다.

다음 날 아침, 나는 노틸러스 호가 깜깜한 어둠 속을 달리고
있는 것을 보고 깜짝 놀랐다.

네모 선장에게 여기가 어디냐고 물었다.

"여기는 땅 밑입니다."

"땅 밑이요? 그런데 노틸러스 호는 여전히 항해를 하고
있지 않습니까?"

"그렇습니다."

도무지 이해할 수가 없었다. 잠시 후 전등이 들어오자
노틸러스 호 주변을 알아볼 수 있게 되었다.

배는 부두처럼 꾸며진 둑 옆에 떠 있었다. 노틸러스 호가
정박해 있던 바다는 절벽으로 둥글게 둘러싸인 호수였다.

"도대체 여기가 어딥니까?"

"사화산의 한복판입니다. 지진이 일어나고 화산이 폭발하면서
바닷물이 화산 내부로 들어왔습니다. 수심 10미터 깊이에
뚫려 있는 이 호수는 노틸러스 호의 정박장입니다.

다른 선박들이 보기에 이 곳은 단순한 암초에 불과하지요."

"하지만 노틸러스 호는 정박장이 필요 없지 않습니까?"

"그렇습니다, 교수님. 하지만 이 화산 내부는 석탄이 있는
탄광입니다. 저에게는 이 무궁무진한 석탄이 필요합니다.
이 석탄으로 나트륨을 만들고, 나트륨으로 요소를 만들어
그것으로 전기를 만들어야 하니까요."

이제 네모 선장이 석탄을 어디서 구하는지 알게 되었다.
네모 선장의 동료들이 석탄을 나르는 동안 나는 이 곳을
둘러보기로 하였다.

화산 내부를 둘러보던 나는 커다란 벌집 하나를 발견했다.
네드가 그 벌집을 따기 위해 낙엽과 유황을 섞어 라이터에
불을 붙이자 벌들이 붕붕거리며 달아났다. 네드는 그 벌집을
배낭에 집어넣었다.

"이 꿀을 빵나무 반죽과 섞으면 아주 맛있는 케이크가
될 것입니다."

"이야! 향기로운 빵이 되겠는걸."

네드 랜드의 말에 콩세유가 대답했다.

화산 내부에는 벌들 말고도 너새 무리가 어둠 속을
날아다니고 있었다. 네드는 실패를 몇 번 거듭한 끝에

너새 한 마리를 잡을 수 있었다. 그것은 목숨을 건 위험한

사냥이었다. 이제 네드 랜드의 배낭 속에는 벌꿀과

너새 한 마리가 나란히 들어가 있었다.

콩세유는 잼을 만들기 좋은 돌회향 몇 묶음을 채집했다.

우리들 앞에 동굴 입구가 나타났다. 우리들은 동굴의

고운 모래 위에 누웠다. 피로가 싹 가시는 듯 편안했다.

네드는 벽을 더듬어 두께를 측정해 보려 했다. 다시금 그는

탈출을 계획하고 있었던 것이다.

나는 잠깐 잠이 들었다. 꿈 속에서 나는 연체동물의

식물 생활을 하는 꿈을 꾸었다. 그러다 콩세유의

다급한 목소리를 듣고 깨어났다.

밀물이었다. 바닷물이 빠르게 올라오고 있었다. 우리들은

서둘러 산책을 끝내고 노틸러스 호로 돌아왔다.

노틸러스 호는 이미 출발 준비를 마친 상태였다.

네모 선장은 기수를 남쪽으로 잡았다.

노틸러스 호는 대서양을 벗어나지 않은 채 일정한 속도로

여유롭게 달렸다.

수염고래와 향유고래

이튿날 아침 눈을 떴을 때 노틸러스 호는 대서양을
전속력으로 달리고 있었다. 우리는 2월 23일부터
3월 12일까지 해초로 뒤덮인 사르가소 해를 지났다.
그리고 사람이 단 한 번도 발길을 내딛지 못했던
1만 6,000미터의 해저를 지날 수 있었다. 생명이 존재할 수
없는 지구의 마지막 수중 세계, 미지의 세계도 볼 수 있었다.
3월 13일. 노틸러스 호는 뱃머리를 다시 남쪽으로 돌렸다.
콩세유와 네드 랜드가 내 방으로 찾아왔다.
"노틸러스 호에는 몇 사람이나 탈 수 있습니까?"

"글쎄, 그건 알 수 없지."

"하루에 소모되는 산소량을 가지고 이 배에 몇 사람이

탈 수 있는지 계산할 수 있으시죠?"

"그거야 그렇지."

"그러면 그렇게 해 주십시오."

나는 네드의 의중을 알아차렸다.

"하지만 그것은 정확하지가 않아."

"괜찮습니다. 알려 주십시오."

네드의 마음 속에는 탈출을 하지 못한 분노가 쌓여 있음이

틀림없었다. 그의 말투와 눈빛이 그랬다. 하는 수 없이

나는 네드 랜드의 물음에 대답을 해 주기로 하였다.

"한 사람이 한 시간에 소모하는 산소량이 100리터라고 하네.

한 사람이 하루에 2,400리터의 산소를 소모하게 되는 거지.

그러니까 노틸러스 호가 2,400리터의 공기를 몇 번이나

채우는지 알아야 하네. 노틸러스 호의 용량은 1,000리터니까

15만 리터의 공기를 싣는 셈이지. 이것을 2,400으로 나누면

62.5가 되는군. 하지만 내가 알기로 이 배에 타고 있는 사람은

우리를 포함해 이 숫자의 반 정도도 안 될 것이 분명하네."

"62.5명이라고요?"

네드가 혼잣말처럼 중얼거렸다.

"네드, 나는 자네에게 조금만 더 참으라고 말할 수밖에 없네."

"어쨌든 네모 선장은 남쪽으로 계속 갈 수 없습니다.

빙산 앞에서라도 멈추어야 할 겁니다. 그렇게 되면

다시 문명의 바다로 돌아 나와야 하고, 우리는 다시 탈출을

시도할 수 있습니다."

네드는 머리를 흔들며 이마에 손을 가져다 대었다.

선상의 단조로운 생활은 자유분방하고 활동적인

네드 랜드에게는 견디기 힘든 일이었던 것이다.

바다는 잔잔했다. 우리들은 플랫폼으로 올라왔다.

그 때 네드가 소리쳤다.

"동쪽 지평선 쪽에 고래가 있어요."

네드는 그 고래를 사냥하고 싶어 안달이 나 있었다.

그런 네드에게 콩세유가 말했다.

"네모 선장에게 사냥 허가를 구하는 게 좋겠어."

콩세유의 말이 끝나자마자 네드 랜드는 쿵쿵쿵 소리를 내며

승강구를 내려갔다.

잠시 후 네드와 네모 선장이 플랫폼으로 올라왔다.

"저건 수염고래입니다."

"사냥을 해도 괜찮겠지요?"

네드 랜드의 목소리는 조금 들떠 있었다.

"파괴를 위한 사냥을 해서는 안 됩니다.

저 고래는 기름 말고는 쓸모가 없습니다. 단지 죽이기 위한

사냥을 저는 허락할 수가 없습니다."

"하지만 홍해에서 듀공을 쫓는 것은 허락하지 않았습니까?"

네드가 불만 섞인 목소리로 말했다.

"그 땐 나의 동료들에게 듀공의 신선한 고기를 구해 주기

위해서였습니다. 우리가 저 고래들을 공격하지 않아도

저 고래들은 곧 힘든 싸움을 해야만 합니다."

네모 선장이 가리키는 곳에 움직이고 있는

검은 점들이 보였다.

"저건 향유고래입니다. 사납고 해로운 무서운 짐승들이지요.

저 짐승들은 없애 버리는 것이 옳습니다.

조금만 기다리십시오. 곧 여러분들에게 한 번도 보지 못한

사냥을 보여 드리겠습니다."

향유고래들이 수염고래들을 공격할 준비를 갖추고 달려오고

있었다. 노틸러스 호는 수염고래들을 구하기 위해 기다리고

있었다. 우리들은 살롱의 유리창 앞에 자리를 잡고 앉았다.

향유고래와 수염고래의 싸움이 시작되었다. 노틸러스 호가
그들 틈으로 들어갔다. 처음에 노틸러스 호는 향유고래
무리를 수염고래에게서 갈라놓는 방식으로 움직였다.
노틸러스 호를 의식하지 않던 향유고래들이 차츰 노틸러스
호를 공격하기 시작했다. 그리고 싸움이 시작되었다.
네드 랜드조차 흥분해서 소리를 질렀다. 무시무시한 싸움으로
바다는 금세 고래들의 사체로 뒤덮였다.

남극의 입구

노틸러스 호는 줄기차게 남쪽을 향해 달렸다. 남쪽 수평선에 눈부신 흰 띠가 펼쳐져 있었다. 태양이 얼음 바다에 반사되어 밝게 빛나는 현상이었다. 그것은 얼음덩어리들이 떠 다니는 얼음 지대를 알려 주는 것이었다. 남쪽으로 내려갈수록 떠 다니는 얼음덩어리들의 숫자가 많아졌고 크기도 커졌다. 얼음들 사이로 여행하는 동안 네모 선장은 종종 플랫폼에 서 있었다. 그는 황량한 해역을 주의 깊게 살피고 있었다. 선장은 능숙한 솜씨로 모든 얼음덩어리들을 피해 다녔다. 남쪽으로 갈수록 온도는 낮아지고 있었다. 노틸러스 호가

잠수하자 얼음이 깨지는 엄청난 큰 굉음이 바닷속에 울려
퍼졌다. 노틸러스 호는 쉽게 부서지는 이 얼음덩어리 속을
쐐기처럼 파고들어가며 그것들을 두 쪽으로 갈라놓았다.
며칠 동안 맹렬한 돌풍이 몰아쳤고 안개가 두터워졌다.
갑작스레 바람이 사방에서 불어닥쳤다. 쌓인 눈이 얼어서
얼음을 곡괭이로 깨부수어야만 했다. 계속된 영하의 날씨로
노틸러스 호는 얼음으로 뒤덮여 버렸다. 돛과 석탄으로
움직이는 배는 이런 어려움에 맞설 수 없었다. 오로지
노틸러스 호만이 맞설 수 있었다. 울퉁불퉁한 얼음덩어리
사이를 지나던 노틸러스 호가 끝내 장벽을 만나고 말았다.
"빙산입니다."
네드 랜드가 말했다.
노틸러스 호는 이미 남극 지대로 들어선 것이었다.
더 이상 바다의 모습, 물의 모습은 보이지 않았다.
나는 이 새로운 세계의 아름다움에 얼마나 넋을 잃고
있었는지 알 수 없었다. 정말 황홀해서 말로 표현할 길이
없었다. 노틸러스 호는 빙야의 한가운데에서 모험을
멈추었다. 네드 랜드는 더 이상 앞으로 나아가는 것은
무리라며 되돌아가야 한다고 소리쳤다.

네모 선장은 플랫폼에서 상황을 살피고 있었다.

"빙산에 갇힌 것 같습니다."

"갇혔다고요? 우리는 남쪽 더 멀리 남극까지 갈 것입니다."

나는 네모 선장을 멍한 시선으로 쳐다보았다. 네모 선장은
지구상의 모든 경선이 만나는 미지의 지점, 북극보다도 더
접근하기 어려운, 그래서 더없이 대담한 항해가들조차
아직까지 도달해 본 적이 없는 남극으로 가려 하고 있었다.
그것은 정말 엉뚱하기 짝이 없는 시도였다.

"남극에 가 보신 적이 있으십니까?"

"아닙니다, 교수님. 우리는 함께 극점을 발견하게 될
것입니다. 저는 이토록 먼 남쪽으로 노틸러스 호를 끌고 온
적이 없습니다. 그렇지만 우리는 남극에 갈 것입니다."

"그렇게 되었으면 좋겠군요."

나는 체념 섞인 목소리로 말했다.

"빙산을 부수든가, 폭파시키든가, 아니면 노틸러스 호에
날개를 달면 되겠군요."

"날개를 단다고요? 우리는 물 속으로 갈 것입니다."

네모 선장의 말대로 노틸러스 호는 바닷속으로 들어갔다.
그리고 빠르게 앞으로 전진했다.

3월 19일 오전 5시, 속도가 느려지면서 노틸러스 호는
수면으로 상승하고 있었다. 천천히 상승하던 노틸러스 호가
빙산 바닥에 부딪혔다. 그 날은 아침부터 저녁까지 계속해서
빙산 바닥의 얼음을 더듬으며 앞으로 나아갔다. 밤이 되어
모두가 다 잠이 들었을 때에도 노틸러스 호의 더듬거림은
끝나지 않았다. 그러다 조금씩 수면과 가까워지기 시작했다.
다음 날 아침 6시, 드디어 노틸러스 호는 얼음이 없는
바다로 나왔다.

최초의 남극 탐험가

나는 플랫폼으로 달려나가 끈질긴 네모 선장이 이루어 낸

결과를 보았다. 정말로 얼음 바다가 아닌 탁 트인 바다였다.

다만 얼음 몇 조각이 흩어져 있는 것이 보였다.

"우리가 정말 극점에 온 것입니까?"

두근거리는 마음으로 네모 선장에게 물었다.

"정확한 것은 측정을 해 봐야 알겠습니다."

노틸러스 호는 암초에 걸릴까 염려하여 바위 조각으로 뒤덮인

모래밭에서 500~600미터 떨어진 곳에 멈춰 섰다.

네모 선장과 우리는 보트를 타고 모래밭으로 나왔다.

우리는 네모 선장에게 남극의 땅을 제일 먼저 밟을 수 있도록
해 주었다. 남극 땅에 내려선 네모 선장은 이 곳에 도취되어
한동안 서 있었다. 우리는 그가 마음껏 기쁨을 즐길 수 있도록
보트에서 기다렸다. 한 5분쯤 지나서 네모 선장이 보트로
몸을 돌렸다. 그제야 우리는 보트에서 내렸다.

불그스름한 응회암이 넓은 공간에 걸쳐 있었다. 하늘에서는
새들이 요란하게 울어 댔고, 땅에서는 펭귄들이 이상야릇한
소리를 질러 대고 있었다.

11시가 되어도 태양이 보이지 않았다. 그래서 우리가 남극점에
도달했는지 제대로 관측을 할 수가 없었다. 잠시 후 안개는
구름으로 바뀌었고, 우리는 노틸러스 호로 돌아왔다.

눈보라는 다음 날까지 계속되었다. 플랫폼에 머무는 것도
불가능했다. 나는 살롱에 앉아 남극 대륙 산책 중에 있었던
일들을 기록하고 있었다.

노틸러스 호는 15킬로미터쯤 남쪽으로 더 내려갔다.

3월 20일 눈발이 멈추었다. 그러나 추위는 좀 더 심해졌다.
나는 콩세유와 함께 보트를 타고 육지로 갔다. 온도계는
영하 2도를 가리켰다. 이 곳에서도 다른 곳에서와 마찬가지로
새들이 순한 눈으로 두 사람을 바라보았고, 다양한 종류의

바다표범은 바닥에 엎드리거나 떠 가는 얼음 위에 누워

뒹굴기도 했다. 사람과 전혀 접촉이 없었던 바다표범은

우리가 다가가도 피하지 않았다.

"네드 랜드가 함께 오지 않아 다행입니다."

"왜 그렇지?"

"그 광적인 사냥꾼이 저 바다표범을 전멸시켰을 테니까요."

"너무 지나친 표현이군."

하지만 나도 네드가 이 바다표범을 보고 그냥 넘어가지는 않았으리라고 생각했다.

절벽 꼭대기의 가파른 오솔길을 따라 보트로 향했다.

커다란 현무암 위에 네모 선장이 서 있었다. 태양이 나타나지
않으면 오늘도 관측을 할 수가 없을 것이다. 만일 내일도
관측을 할 수 없다면 우리는 위치를 밝히는 일을
포기해야만 했다.

그 다음 날인 21일은 춘분이었던 것이다. 그러면 태양은
6개월 동안 수평선 밑으로 사라진다. 태양이 사라지면
남극에는 아주 긴 밤이 시작되는 것이다.

네모 선장은 20일도 관측을 포기하고 노틸러스 호로
돌아갔다. 네모 선장은 내일 관측용 망원경으로 방위를
측정해야겠다고 말했다. 네모 선장이 노틸러스 호로 돌아간
뒤에도 우리는 5시까지 남아 바닷가를 더 산책하다 돌아왔다.

춘분일인 3월 21일 아침 5시. 나는 플랫폼으로 올라왔다.
네모 선장은 벌써 나와 있었다. 날씨는 좀 개어 있었다.
그렇기 때문에 네모 선장은 조금 희망을 품고 있었다.

아침 식사 후 네모 선장과 함께 관측에 좋은 장소를 찾으러
뭍으로 떠났다. 떠나기 전 네드에게 함께 가자고 권했지만
네드는 거절했다. 그는 점점 더 성질이 사나워지고 있었다.

구름은 남쪽으로 움직이고 안개는 서서히 걷히고 있었다.
산봉우리에 도착한 네모 선장은 기압계를 사용하여
조심스럽게 고도를 측정했다. 태양이 황금빛 원반처럼 모습을
드러냈다. 관측용 망원경을 눈에 가까이 대고 천체를
관찰하고 있었다.

"만일 정오에 태양의 반쪽이 보이지 않는다면
이 곳은 남극이 확실합니다."

네모 선장이 떨리는 목소리로 말했다.

"정오입니다!"

내가 소리쳤다.

"남극이요?"

바로 뒤이어 네모 선장의 감격에 찬 소리가 들려왔다. 네모
선장이 관측용 망원경을 나에게 건네주었다. 정말 수평선에
딱 두 쪽으로 나누어진 태양이 보였다. 이로써 네모 선장은
남극에 최초로 도달한 사람이 된 것이었다. 1868년 3월 21일
정오였다. 네모 선장은 90도 남극 대륙에 황금빛 'N' 자가
새겨진 검은 깃발을 꽂았다. 잘 가거라, 태양이여!
사라지거라, 빛나는 별이여! 이제 이 대륙에는 내일부터
6개월간 검은 그림자가 펼쳐질 것이었다.

빙산에 갇힌 노틸러스 호

3월 22일 오전 6시. 남극 탐험을 마친 노틸러스 호는 다시
항해 준비를 했다. 황혼의 마지막 빛살이 어둠에 녹아들면서
엄청난 추위가 왔다. 별자리들은 아주 강렬하게 반짝거렸고
화려한 남십자성이 빛나고 있었다. 남반구의 극성이었다.
저수 탱크가 채워지자 노틸러스 호가 천천히 아래로
내려갔다. 스크루가 물살을 때렸고 잠수함은
시속 20여 킬로미터의 속도로 북쪽을 향해 달렸다.
저녁 무렵 노틸러스 호는 얼어붙은 빙산의 거대한 껍질
밑으로 항해하고 있었다. 이제 정말 귀환이 시작된 것이었다.

새벽 3시, 꿈 속을 헤매다 심한 충격에 잠이 깨었다. 그 순간 방 한가운데로 내동댕이쳐졌다. 노틸러스 호가 무언인가에 부딪힌 것이었다. 노틸러스 호는 오른쪽으로 기울어진 상태로 꼼짝 않고 있었다. 밖에서 발자국 소리와 어수선한 목소리가 들려왔다. 나는 살롱으로 나가 보았다. 가구들이 쓰러져 있었고, 오른쪽에 있던 그림들이 기울어지면서 벽의 융단에 달라붙어 있었다. 반면에 왼쪽에 있던 그림들은 아래쪽 가장자리 벽에서 30센티미터쯤 떨어져 있었다. 역시 노틸러스 호가 오른쪽으로 기울어져 있다는 것을 보여 주는

광경이었다. 네드와 콩세유가 도대체 무슨 일인가를 물었다.

하지만 나 또한 지금의 상황이 무엇 때문인지 알 수 없었다.

그러자 네드 랜드가 확신에 찬 목소리로 말했다.

"빌어먹을, 노틸러스 호는 좌초한 거야. 기울어진 상태로 봐서

토레스 해협에서처럼 빠져 나올 수 없어."

그래도 바다 위에 떠올라 있을 것이라 생각한 나는 압력계를

보고 깜짝 놀랐다. 수심 360미터였던 것이다. 네모 선장을

찾았다. 그런데 서재에도, 중앙 계단에도, 선실에도

네모 선장은 보이지 않았다. 우리들은 살롱에서 네모 선장을

기다릴 수밖에 없었다. 얼마쯤 시간이 지나자 네모 선장이

살롱으로 들어섰다. 하지만 우리들을 발견하지 못하고

다소 굳은 표정으로 말없이 나침반과 압력계를 들여다보았다.

그러더니 손가락으로 지도상의 한 지점을 가리켰다.

남쪽 바다가 그려진 부분이었다. 네모 선장을 불렀다.

"선장님, 장애입니까?"

"아닙니다. 이번엔 사고입니다."

"노틸러스 호가 좌초한 겁니까?"

"네, 그렇습니다. 자연의 변덕 때문이죠. 어마어마하게

큰 얼음덩어리 하나가 완전히 뒤집히면서 우리 배와

부딪혔습니다. 그리고 우리 배의 동체 밑으로 미끄러지면서
엄청난 힘으로 배를 들어올렸습니다. 노틸러스 호는 지금
옆으로 누워 있는 상태입니다."

"그러면 다시 균형을 잡을 수 있도록 저수 탱크를 비워
배를 떠오르게 할 수는 없습니까?"

"지금 그렇게 하고 있습니다. 그런데 문제는 얼음덩어리도
함께 떠오르고 있다는 것입니다."

이야기하는 동안 선체에 가벼운 움직임이 느껴졌다.
노틸러스 호가 바로 섰다. 덧창을 열자 노틸러스 호 양쪽으로
10미터 거리에 눈부신 얼음 벽이 솟아 있었다. 위도 아래도
모두 빙벽이었다. 빙벽을 빠져 나가려고 노틸러스 호가
빠른 속도로 달리기 시작했다.

오전 5시 노틸러스 호 앞머리에 충격이 일었다. 얼음덩어리와
부딪힌 것이었다. 덧창을 닫은 노틸러스 호는 다시 뒤로
움직이기 시작했다. 그 때 두 번째 충격이 일어났다.
이번에는 뒤쪽이었다. 모두의 얼굴이 딱딱하게 굳어졌다.

"길이 남쪽에서도 막혔습니다."

"빙산이 뒤집히면서 모든 출구를 막아 버린 모양입니다."
노틸러스 호는 빙산에 갇혀 버린 것이었다.

빙산 탈출

우리들은 살롱에 앉아 있었다. 네모 선장에게
노틸러스 호가 빙산에 갇혔다는 이야기를 들은 네드가
주먹으로 탁자를 내려쳤다.

그러나 네모 선장은 침착했다. 그는 이렇게 입을 열었다.

"우리가 처한 입장에서 죽는 방법은 두 가지입니다. 하나는
짓눌려 죽는 것이고, 또 하나는 질식해서 죽는 것입니다."

"아직 공기 탱크는 가득 차 있지 않습니까?"
내가 물었다.

"맞습니다, 그렇지만 그건 이틀분뿐입니다. 48시간 뒤면

공기는 모두 소모될 것입니다."

"그럼 48시간 전에 빠져 나가야 하겠군요."

"어쨌든 우리를 둘러싸고 있는 얼음 벽을 먼저 뚫어야

합니다. 지금 제 동료들이 얇은 얼음부터 깨고 있습니다."

"저는 작살만큼 곡괭이를 다루는 데 능숙합니다.

저도 그 동료들 사이에 끼겠습니다."

네드가 말했다. 곧 네드는 잠수복으로 갈아입고 선장 동료들
곁으로 갔다. 그리고 곡괭이를 들고 빙산 깨는 일을 했다.
두 시간의 작업이 끝나고 네모 선장의 동료들과 함께 네드가
지쳐서 돌아왔다. 이번에는 선장의 나머지 동료들과 함께
우리가 교대했다. 그렇게 우리는 두 시간 간격으로 휴식과
얼음 깨는 일을 반복하기로 했다. 열두 시간에 걸쳐서 1미터
두께의 얼음장을 떼어 낼 수 있었다. 이렇게 열두 시간에
1미터의 얼음장을 떼어 낸다고 하면 닷새가 필요했다.
하지만 저장 탱크의 공기는 이틀분뿐이었다. 노틸러스 호가
바다 표면으로 올라가기도 전에 모두 질식사하고 말
것이었다. 그렇지만 모두들 마지막까지 자신의 의무를
다하기로 마음먹었다. 이렇게 간밤에 다시 1미터의 얼음장을
깼다. 그렇지만 노틸러스 호의 양쪽 벽이 점점 두터워지고
있었다. 나는 네모 선장에게 이 사실을 알렸다.
"알고 있습니다, 교수님. 하지만 지금으로서는 아무런
대처 방안이 없습니다. 벽이 어는 것보다 더 빨리 파내는
방법뿐입니다. 그것만이 현재 우리가 할 수 있는 전부입니다."
이런 위급한 상황에서도 선장은 한결같이 침착해 보였다.

열심히 곡괭이를 휘두르고서 두 시간 만에 배로 돌아왔다.
배 안은 탄산가스로 가득 차서 질식할 것 같았다. 벌써
48시간이 넘게 공기를 교체하지 못하고 있었기 때문이었다.
이 날 저녁 네모 선장은 저장 탱크의 꼭지를 열어 마지막으로
내부의 공기를 바꾸었다. 남은 공기는 이제 작업을 하는
사람들의 몫으로 남겨야 했다. 이러한 굴착 작업으로 5미터의
얼음장이 깨졌다. 그렇지만 측면의 얼음 벽은 눈에 띄게
두터워져 있었다. 노틸러스 호가 벗어나기도 전에 양쪽이
맞닿을 것 같아 보였다. 네모 선장은 작업을 지시하면서
자신도 함께 얼음 깨는 일을 했다. 내 곁으로 다가온 선장은
선체에 4미터도 안 되는 곳까지 다가와 있는 얼음 벽을
가리켰다. 네모 선장은 그것을 보더니 따라오라는 신호를
보냈다. 잠수복을 벗고 네모 선장을 따라 살롱으로 들어갔다.
"교수님, 방금 좋은 생각이 하나 떠올랐습니다. 노틸러스 호가
펌프로 끓는 물을 계속 뿜어 낸다면 얼음이 어는 현상을
늦출 수 있지 않겠습니까?"
네모 선장과 나는 그렇게 해 보기로 했다. 우리는 주방으로
가서 물을 증류시켜 식수를 공급하는 커다란 장치를
가동시켰다. 몇 분 만에 물이 끓었다. 그리고 그것을 펌프로

보내 밖으로 방출시켰다. 온도가 올라가기 시작했다. 그렇게
밤 사이 온도는 영상 1도까지 올라갔다. 하지만 끓는 물의
방출로는 여기까지밖에 할 수 없었다. 노틸러스 호의 벽은
더 이상 좁혀지지 않았다. 6미터의 얼음덩어리를 떼어 내고
이제 4미터 정도 남았다. 아직도 48시간이 더 필요했고,
공기를 더 이상 교체할 수 없는 노틸러스 호의 내부 공기는
아주 혼탁해져 있었다.

두 시간의 작업이 끝났다. 노틸러스 호로 들어온 사람들은
다시 두 시간 동안 숨을 헐떡여야 했다. 나는 심한
호흡 곤란과 두통으로 현기증이 났다. 이제 얼음장은 1미터가
남았고, 저장 탱크의 공기는 바닥이 나 있었다. 곡괭이질하는
속도가 느리다고 판단한 네모 선장은 외부와 통하는
이중 문을 모두 닫았다. 선장은 정신력으로 버티고 있었다.
네모 선장은 노틸러스 호를 거대한 구덩이로 옮겨 탱크에
물을 채웠다. 그리고 노틸러스 호로 그 곳을 강하게 부딪혔다.
몇 번의 시도 끝에 밑에서 우직끈 소리가 들려왔다. 얼음이
깨지면서 노틸러스 호는 아래로 내려갔다. 그리고 전속력으로
스크루가 돌아가고 노틸러스 호는 북쪽을 향해 달렸다.
나는 서재의 긴 의자에 반쯤 누워서 입술이 파래지고

모든 감각이 차츰 멎어 가고 있는 것을 느꼈다. 나는 배가
물 위에 떠오를 때까지 버틸 수 없다고 생각하였다.

그 때 갑자기 신선한 공기가 느껴졌다.

나는 눈을 번쩍 떴다. 노틸러스 호가 벌써 수면으로 올라온
것인가 생각했다. 그런데 그것이 아니었다. 네드와 콩세유가
장비의 바닥에 남아 있던 약간의 공기를 나에게 준 것이었다.
그들도 공기 부족으로 숨을 헐떡이고 있었다.

나는 장비를 밀쳐 내려 했다. 그러자 두 사람이 팔을 붙잡고
남은 공기를 마시게 했다.

노틸러스 호는 시속 50킬로미터의 속도로 달리고 있었다.
수면과의 거리는 이제 6미터 남아 있었다.

노틸러스 호는 충각을 세워 비스듬한 자세로 전속력을 다해
빙판을 공격했다. 그것은 몇 번 반복되었다. 그리고 결국
얼음을 깨부수고 수면 위로 올라왔다. 승강구가 열리자 맑은
공기가 노틸러스 호 구석구석으로 밀려 들어왔다. 나는
네드와 콩세유의 부축을 받으며 플랫폼으로 올라왔다. 모두들
그 동안 부족했던 공기를 들이마시느라 정신이 없었다.

나는 정신을 가다듬고 두 동료에게 감사해했다. 그들의
희생이 없었다면 지금쯤 영원히 눈을 뜨지 못했을 것이다.

거대한 문어의 출몰

가까스로 위기에서 빠져 나온 노틸러스 호는 대서양으로
들어갔다. 그리고 전속력으로 남아메리카 대륙 해안을 따라
북쪽으로 향했다.

4월 11일에는 아마존 강 어귀에 이르렀다. 노틸러스 호는
아마존 유역에서 다시 넓은 바다로 나아갔다.

우리들이 노틸러스 호의 포로가 된 지도 이제 6개월이 흘렀다.
네드는 아직도 탈출 희망을 버리지 않고 있었다.

그 동안 노틸러스 호는 6만 8,000킬로미터를 항해했다.
노틸러스 호는 더 깊은 곳으로 잠수하며 달렸다.

커다란 해초들 사이에서 엄청난 소용돌이가 일어나고 있었다.

"문어 소굴이로군."

내 말에 콩세유가 이렇게 말했다.

"저는 문어에 대한 이야기를 무척 많이 들었습니다.

선박을 바닷속 깊이 끌고 들어갈 수 있는 문어를

한 번쯤 보고 싶습니다."

"그런 것은 없어, 콩세유."

옆에 있던 네드가 콩세유를 놀리듯 웃으며 말했다.

그렇지만 콩세유는 네드의 말에는 아랑곳하지 않고

자신의 말을 계속 했다.

"아, 크라켄."

"도대체 그런 걸 믿는 사람이 어딨어."

"사실 요즘 어부들은 몸 길이가 180센티미터나 되는 문어를

흔히 본다네. 트리에스테와 몽펠리에에 있는 박물관에는

2미터나 되는 문어의 외골격이 보관되어 있기도 하지."

"요즘도 그런 게 잡힙니까?"

"잡히지는 않아도 선원들은 가끔 본다네. 내 친구인

다브르 출신 폴보는 인도 바다에서 엄청난 크기의 문어를

만난 적이 있다고 자주 얘기하곤 했지. 그렇지만 가장 놀라운

일은 1861년에 일어났지."

"무슨 일인데요."

네드가 호기심을 나타내며 물었다.

"1861년 테네리프 북동쪽에서 쾌속함
알렉통 호의 승무원들이 주변에서
헤엄치고 있는 엄청난 크기의 문어들을
보았다네. 작살과 총은 그 물렁한 살에
아무런 효과가 없었지. 몇 차례의 시도
끝에 선원들은 그 연체동물의 몸 주위로
매듭을 거는 데 성공했고, 매듭은
꼬리지느러미까지 미끄러져서 멈췄지.
선원들은 문어를 배 위에 끌어올리려고
했는데 문어 무게가 엄청나서 밧줄을
당기는 도중 꼬리가 잘렸고, 문어는
물 속으로 사라져 버렸다네."

"길이가 얼마나 됐습니까?"

"한 6미터 정도 되지 않았을까요?"

유리창에 서서 들쑥날쑥한 절벽을
보고 있던 콩세유가 말했다.

"바로 맞혔어."

"머리에 툭 불거져 나온 문어의 눈은 엄청나게 발달해 있고, 입은 꼭 앵무새 부리처럼 생겨서 엄청나게 크죠."

"그렇다네, 콩세유."

콩세유가 어떻게 그렇게 잘 아는지 놀라웠다.

"그런 것이 여기도 있어요. 적어도 그 녀석의 형제뻘은 되겠는데요."

콩세유의 말에 네드가 가장 빨리 창가로 달려갔다.

무시무시한 문어였다. 길이는 무려 8미터나 되었다.

오른쪽 창가에 일곱 마리가 더 보였다. 그들은 노틸러스 호를 따라오며 부리로 노틸러스 호를 북북 긁어 대고 있었다.

우리들이 그렇게 큰 문어를 보고 있는 사이 노틸러스 호가 갑자기 멈추어 섰다.

네모 선장이 부관을 데리고 살롱으로 들어섰다.

살롱 유리창 밖으로 보이는 문어를 발견한 네모 선장은 부관에게 뭐라고 몇 마디 말을 했다.

"신기한 문어입니다."

마치 수족관 안에 있는 구경꾼이나 된 듯 말했다.

"저 문어의 다리가 스크루 날개에 끼어 노틸러스의

항해가 중단되었습니다."

"네? 그럼 어떻게 해야 합니까?"

"해상으로 올라가서 모두 잘라 버려야죠."

"총탄은 아무런 소용이 없을 텐데요?"

"우리는 도끼로 공격할 것입니다."

"또 작살도 있습니다."

네드 랜드가 나서며 말했다.

"좋습니다, 네드 씨."

노틸러스 호는 물 위로 떠올랐고 문어와의 싸움을 위해
승강구 뚜껑이 열렸다. 그 때 승강구를 오르던 맨 앞 사람이
문어의 다리 빨판에 붙들려 허공으로 들어올려졌다.
순식간에 일어난 일이었다. 네모 선장이 고함을 지르며
밖으로 달려나갔다. 우리들도 네모 선장의 동료들과 함께
밖으로 나갔다. 그리고 허공에 사람을 매달고 있는 문어의
다리를 하나씩 잘라 내었다. 문어의 다리가 모두 잘려 나가자
네모 선장의 동료를 구할 수 있으리라 생각했다.
그런데 다리가 모두 잘려 나간 문어는 네모 선장의 동료를
다리 하나에 묶고 그대로 물 속으로 들어가 버렸다.
네모 선장이 울음 섞인 소리를 질러 댔다. 한동안 배 위에서

사람들은 멍하니 바닷속을 쳐다보았다. 하지만 오랫동안
그렇게 있을 수는 없었다. 지금 노틸러스 호 위에서 많은
문어들이 그들을 겨냥하고 있었기 때문이었다.
잘려 나간 문어들의 다리가 갑판 위에서 꿈틀거렸다.
그 때 작살을 휘두르던 네드가 문어 다리에 걸려 넘어졌다.
문어의 부리가 네드를 향해 다가가고 있을 때 네모 선장이
자신의 도끼를 문어의 부리를 향해 던졌다. 잠시 문어가
멈칫하는 사이 네드가 일어나서 자신의 작살을 문어의
심장 깊숙이 찔러 넣었다.
"이제 빚은 갚았소."
문어의 다리를 잘라 내는 일을 계속 하면서 네모 선장이
네드에게 말했다. 다리가 잘린 문어들이 속속 물 속으로
들어가 버렸다. 이제 노틸러스 호의 스크루가 돌아갔다.
네모 선장은 자신의 동료 한 명을 삼켜 버린 바다를 한동안
바라보고 서 있었다. 그의 눈에서 눈물이 쉬지 않고 흘렀다.
문어 출몰 후 네모 선장은 실의에 빠져 버렸다.
사랑하는 부하를 잃은 네모 선장의 마음이 얼마나 아플까?
노틸러스 호는 갈 곳을 잃은 배처럼 방향을 잡지 못하고
그 곳을 배회하고 있었다.

방죄르 호

노틸러스 호가 다시 방향을 잡고 북쪽을 향해 항해하기
시작한 것은 열흘이 지난 5월 1일이었다.
1주일 뒤인 5월 8일에 노틸러스 호는 멕시코 만류를 따라
항해하고 있었다.
북캐롤라이나 부근의 하테라스 곶 옆을 지날 무렵 네드가
다시 네모 선장을 찾아가 봐 달라고 줄기차게 졸라 대었다.
네드를 설득했지만 막무가내였다. 나는 하는 수 없이
네모 선장에게 갔다.
네모 선장의 선실에 두 번 노크를 했다. 아무런 소리도 들리지

않아 선장실 문을 열고 안으로 들어갔다.

네모 선장이 눈썹을 찌푸리며 퉁명스럽게 말했다.

"무슨 일입니까?"

"선장님께 할 말이 있습니다."

"저는 지금 바쁩니다. 지금 일을 하고 있습니다."

네모 선장이 차갑게 말했다.

"더 이상 늦출 수 없는 문제입니다."

"무엇입니까? 교수님."

네모 선장의 목소리는 차가웠다. 네모 선장은 탁자 위에
펼쳐져 있던 원고를 보이면서 딱딱한 목소리로 말했다.

"나는 여러 나라의 언어로 원고를 쓰고 있습니다.
내 연구가 집약된 이 원고가 이대로 영원히 사라지게 되는
것을 원치 않습니다. 이 배에 남는 최후의 사람이 이것을
병에 담아 바다에 띄울 것입니다. 하느님께서 돌보신다면
이것은 나와 함께 사라지지 않을 것입니다. 원고가 담긴 병은
파도가 이끄는 대로 흘러갈 테지요."

"선장님, 그것은 너무나 원시적인 방법입니다. 그것 말고
더 나은 방법을 찾을 수는 없나요? 동료 중 한 사람이……."

"절대 그럴 수 없습니다."

"저와 제 동료들에게 자유를 준다면……."

"교수님, 저는 일곱 달 전에 이미 당신에게 그것에 대해
답해 드렸습니다. 이 노틸러스 호에 들어온 사람은 어떤 일이
있어도 이 노틸러스 호를 떠날 수 없습니다."

나는 네드와 콩세유에게로 와서 네모 선장의 말을 전했다.

노틸러스 호는 롱아일랜드로 다가가고 있었다. 날씨는
험악했고 곧 폭풍우가 몰아닥칠 조짐이 보이고 있었다.

"날씨가 어떻든 탈출하기로 합시다."

네드가 말했다.

오후부터 내린 폭우는 밤이 되어서는 천둥과 번개를
동반했다. 거센 폭풍우에 노틸러스 호는 바다 깊숙이
잠수했다. 폭풍우가 지나가고 노틸러스 호는 다시
북동쪽을 향해 달렸다.

절망한 네드는 네모 선장처럼 혼자 떨어져 지내려 했다.
그러므로 한동안 나와 콩세유가 같이 있게 되었다.

5월 28일. 노틸러스 호는 아일랜드 서쪽에 이르렀다.
네모 선장은 하루 종일 무언가 찾기 힘든 장소를 찾고 있는
것처럼 보였다. 그것은 다음 날까지도 계속되었다.

네모 선장이 육분의를 들고 플랫폼에서 무엇인가 관측을 하고

있었다. 잠시 후 노틸러스 호가 잠수를 시작했다. 나는 그 때
살롱에 앉아 있었다. 살롱 천장의 조명이 꺼지고 덧창이
열리면서 해저의 모습이 보였다. 노틸러스 호는 계속해서
이베리아 반도 쪽으로 내려갔다.

6월 1일, 프랑스 해안에서 오래 된 난파선을 하나 발견했다.
나는 네모 선장이 저 난파선을 찾고 있었다는 것을 알 수
있었다. 난파선을 보고 있는데 선장이 살롱으로 들어서며
느린 목소리로 말했다.

"예전에 저 배는 마르세유 호라고 불렸습니다. 1778년
프레스톤 호와 맞서 용감히 싸웠고, 1779년 그라나다 점령에
참여했으며, 1781년 그라스 백작의 전투에 참여했습니다.
1794년에 프랑스 공화국은 배의 이름을 바꾸었습니다.
그리고 그 해 말, 수송단 호송 임무를 띤 빌라레주아이외즈
함대에 편입되었고, 공화력 2년 영국 함대와 만났습니다.
그리고 돛대가 부러지고, 선창에 물이 들어오자 전투력을
상실한 그들은 항복하기보다는 승무원들과 함께 수장되는
길을 택했습니다. '공화국 만세' 라는 깃발을 걸어 놓고
파도 속으로 사라졌습니다."

"방죄르 호!"

나는 자신도 모르게 소리쳤다.

"그렇습니다. 그것은 고귀한 이름입니다. '복수자' 라는
뜻이지요. 얼마나 아름다운 이름입니까?"

이렇게 말하는 네모 선장의 표정을 나는 잊을 수가 없었다.

네모 선장의 복수

방죄르 호의 위치를 확인한 네모 선장은 노틸러스 호를
다시 해상으로 떠오르게 하였다.

노틸러스 호가 해상으로 떠오르자마자 어디선가 나직한
폭발음 소리가 들려왔다.

네모 선장은 그대로 있었고, 나는 플랫폼으로 올라갔다.

네드와 콩세유는 벌써 올라와 있었다.

"이 폭음은 어디서 들리는 건가?"

"바로 저 전함이 쏘는 대포 소리입니다."

국적을 알 수 없는 전함 한 대가 노틸러스 호를 향해

달려오면서 대포를 쏘아 대고 있었다.

네드가 전함이 가까이 다가오는 것을 보며 말했다.

"저는 저 배가 1킬로미터만 더 가까워지면 바다로

뛰어들겠습니다. 교수님도 그렇게 하십시오."

전함과 노틸러스 호와의 거리가 5킬로미터쯤으로 좁혀졌을 때

네드가 손수건을 꺼내어 흔들었다.

그 때 승강구로 올라오던 네모 선장이 그것을 보고 네드의

팔을 비틀어 갑판에 던져 버렸다. 그리고 노틸러스 호를 향해

달려오는 전함에 시선을 두었다.

"내가 누군지 아는군."

혼잣말을 하는 네모 선장의 두 눈이 무섭게 찌푸려졌다.

"저 배를 공격할 것입니까?"

내가 걱정스런 목소리로 물었다.

"저들이 먼저 공격했습니다. 당신들은 내려가십시오.

나는 저들을 잘 압니다. 나는 저 배를 공격할 것입니다."

네모 선장을 설득하려 했지만 네모 선장은 차갑게

내 말을 막아 버렸다.

"나는 저 배를 침몰시킬 것입니다. 저 배가 먼저 공격을

시작했고 반격은 무서울 것입니다.

들어가십시오. 당신들이 이러한 상황을 보게 된 것은

몹시 유감입니다."

스크루가 움직였다. 그리고 노틸러스 호는 일정 거리를

유지하며 물러서고 있었다. 네모 선장은 방죄르 호가 침몰한

곳에 저 전함을 침몰시키고 싶지 않았던 것이다.

"탈출하세!"

"좋습니다."

내 말에 네드가 기다렸다는 듯이 대답했다.

"저 배가 어떤 배인지 나는 모르네.

하지만 저 배와 함께 침몰하는 편이 나을 걸세."

"저도 같은 생각입니다."

네드가 차갑게 대답했다.

배에서 우리들의 외침을 들을 수 있거나 또는 배가 우리를

볼 수 있을 만큼의 거리까지 접근하면 탈출하기로 결정했다.

다음 날 아침 6시, 전함이 2.5킬로미터 거리에 있었다.

나는 영원히 네모 선장을 떠날 순간이 다가왔다고 생각했다.

"이제 때가 되었네."

"신의 가호가 있기를……."

우리들은 서재로 들어갔다. 그런데 중앙 계단으로 통하는

문을 미는 순간 위쪽 승강구 닫히는 소리가 들렸다.

화가 난 네드가 그대로 돌진하려 했다.

나는 그를 붙잡았다. 네모 선장이 지금 무엇을 하려는지
알고 있었기 때문이었다.

네모 선장은 저수 탱크에 물을 채웠다.

그러자 노틸러스 호는 천천히 잠수하기 시작했다.

행동하기에 너무 늦은 시간이었다. 이제 우리 일행은
싫든 좋든 이 끔찍한 비극의 증인이 될 수밖에 없었다.

선체가 부르르 떠는가 싶더니 곧 쿵- 소리를 내며 충격이
일었다. 노틸러스 호가 배를 뚫고 지나가는 것이었다.

탈출은 또다시 실패했다.

나는 참을 수 없어 미친 듯이 살롱으로 달려갔다.

그 곳에서 네모 선장이 침울하고 냉정한 모습으로 창 밖을
바라보고 있었다.

유리창 밖으로는 거대한 물체가 물 속으로 천천히 가라앉고
있었다. 그러다가 그 거대한 배는 마침내 폭발하고 말았다.

네모 선장은 자신의 방문을 열더니 그가 존경하는 영웅들의
초상화 밑에 걸려 있던 아직 젊은 여인과 두 어린 아이의
초상화를 품에 안고 서러운 울음을 토해 냈다.

위험한 탈출

노틸러스 호는 수심 30미터에서 무서운 속도로

전투 현장을 벗어나고 있었다.

콩세유는 네드가 정신 착란을 일으키거나 심한 향수병에

사로잡혀 스스로 목숨을 끊지나 않을까 두려워

잠시도 그의 곁을 떠나지 못했다.

며칠이 지났다. 어느 이른 아침, 나는 힘들고 무기력해진

상태로 일어났다. 그 때 내 앞에 네드가 와 있었다.

"탈출하지요."

"언제 말인가?"

나는 번번이 우리들의 탈출 시도가 실패로 돌아간 것을
생각했다. 하늘도 우리들을 이 노틸러스 호에서 내보내려
하지 않는 것만 같았다.

"오늘 밤. 노틸러스 호의 감시가 소홀해졌습니다. 배는 혼미한
상태에 빠져 있는 것 같습니다. 교수님, 지금입니다."

"우리가 지금 어디쯤 있는가?"

"오늘 아침에는 육지가 보이는 곳에서 동쪽으로
30킬로미터 지점이었습니다."

"그 육지가 어디지?"

"그건 모르겠습니다. 그렇지만 그 육지가 어디든 간에
우리는 그 곳으로 탈출합니다."

"좋네, 네드. 바다가 우리를 집어삼킨다고 해도
오늘 밤엔 반드시 탈출하세."

저녁 식사 후 네드가 내 방에 잠깐 들렀다.

"10시에 보트로 오십시오. 출발 전에 다시 만날 수 없습니다."

말을 마친 네드는 서둘러 방을 나갔다.

이별을 위해 살롱으로 내려갔다. 노틸러스 호는
수심 50미터에서 무서운 속도로 북북동으로 달리고 있었다.

나는 살롱 안에 전시되어 있는 자연의 신비들을 돌아보았다.

전시실에 가득한 귀중한 예술품들, 언젠가는 이것을

모아 놓은 사람과 함께 사라질, 다시 없는 수장품들.

나는 그것들을 머릿속에 뚜렷이 새겨 놓고 싶었다.

든든한 해양 복장으로 갈아입은 다음, 나는 내 연구 기록들을

몸에 묶었다. 그리고 네모 선장의 선실 앞에서 귀를 기울였다.

발소리가 들렸다. 나는 서둘러 선실로 돌아왔다.

떨리는 마음을 진정시키기 위해 침대 위에 누웠다.

그러자 에이브러햄 링컨 호를 떠난 이래 지금까지의 일들이

되살아났다. 해저 사냥, 토레스 해협, 파푸아 원주민, 좌초,
산호초 공동묘지, 수에즈 통로, 산토린 섬, 실론 섬의 잠수부,
비고 만, 아틀란티스, 빙하, 남극, 얼음 속의 감금, 거대한
문어와의 싸움, 멕시코 만의 폭풍우, 방죄르 호, 전함과의
끔찍했던 전투······. 이런 모든 사건들이 눈앞에 펼쳐졌다.
그런데 이런 이상한 상황 속에서 네모 선장의 모습이
한없이 커지고 있었다.

9시 30분, 살롱에서 오르간 소리가 희미하게 들려왔다.
네모 선장이 무어라 말할 수 없는 슬픈 하모니를 연주하고
있었던 것이다. 순간 나는 심한 공포감에 사로잡혔다.
곧 10시를 알리는 종이 울릴 것이고, 그러면 보트로
가야 했다. 보트로 가려면 살롱을 거쳐 서재로 통하는 문을
지나야 했던 것이다.

발소리를 내지 않으려고 양탄자 위를 조심조심 밟으며
살롱으로 들어섰다. 그리고 서재 문을 막 열려는 찰나였다.
네모 선장이 자리에서 일어나 서재 쪽으로 몸을 돌렸다.
그는 흐느끼고 있었다. 그리고 혼잣말로 중얼거렸다.

"주여! 됐습니다. 됐습니다."

그것은 어떤 회한에서 오는 고백 같은 것이었다.

안녕! 네모 선장

얼이 빠진 나는 서재를 달려 중앙 계단으로 올라갔다.

그리고 위층 통로를 따라 보트로 뛰어갔다.

이미 두 사람이 보트 안에서 기다리고 있었다.

"출발! 출발!"

입구는 벌써 닫혔고 보트의 출입구도 닫혔다.

그리고 우리는 잠수함에 묶어 두었던

보트의 나사를 풀기 시작했다.

그런데 그 때 안에서 웅성거리는 소리가 들려왔다.

우리들은 탈출이 발각된 것이 아닌가 하여 모두

얼굴이 사색이 되어 버렸다.

"말스트룀! 말스트룀!"

그런데 안에서는 이 말만이 되풀이되어 들려오고 있었다.

그 말은 '소용돌이'를 가리키는 것이었다.

순간 나는 깜짝 놀랐다. 그렇다면 지금 우리 모두는

노르웨이 해안의 위험한 해역에 와 있는 것이었다.

페로 섬과 로포텐 섬 사이에서 좁혀지는 물이

밀물 때 엄청난 기세로 밀려든다는 사실은

이미 잘 알려져 있었다.

이 때 생기는 것이 바로 '바다의 배꼽'이라고

불리는 소용돌이였다. 이 소용돌이 속에서는 그 어떤

배도 결코 무사할 수가 없었다.

노틸러스 호는 바로 이 소용돌이에 휘말려

나선형을 그리며 어지러울 만큼 빠른 속도로

끌려가고 있었다.

모두 겁에 질려 버렸다. 나는 신경이 멈추는 것만 같았다.

죽음을 부르는 것처럼 온몸에 식은땀이 흘렀다.

"잘 견뎌야 해."

나는 큰 소리로 말했다.

"정신을 바짝 차리자!"

네드가 자신에게 다짐을 받듯 소리쳤다.

"나사를 다시 조여! 노틸러스 호에 붙어 있으면

우리는 살 수 있어……!"

하지만 나의 말이 채 끝나기도 전에 보트가

와지끈 소리를 내더니 조였던 나사가 부러져 버렸다.

"으악! 조심해!"

고무줄 총에서 쏘아진 돌멩이처럼 노틸러스 호에서

보트가 떨어져 나갔다. 그러고는 이내 소용돌이

밖으로 회오리치며 날아갔다.

'아! 이제 어떻게 되는 건가!'

나는 쇠틀에 머리를 부딪쳤고, 그 충격으로

의식을 잃고 말았다.

내가 정신을 차렸을 때, 나는 어느 어부의

오두막 안에 누워 있었다.

네드와 콩세유가 걱정스러운 눈으로 나를 바라보고 있었다.

나와 눈이 마주치자 네드가 기쁨에 찬 목소리로 말했다.

"우리는 살았습니다!"

"그래, 우리는 살았어. 아, 감사합니다."

나도 감격에 겨운 목소리로 말했다.

우리들은 서로 부둥켜안고 눈물을 흘렸다.

나는 자리에서 일어나서 바닷가를 거닐었다.

그리고 그 강력한 잠수선이 세상에서 가장 무서운

소용돌이와 싸워 승리를 거두었기를 희망했다.

또 네모 선장의 가슴에서 증오의

불길이 꺼지고, 그가 평화롭게 바다를 탐험하는 숭고한

학자의 모습으로 돌아와 있기를 바랐다.

이렇게 나는 10개월 동안 해저 2만 리의

초자연적인 여행을 무사히 마치게 되었다.

'누가 바다의 깊은 곳을 탐사할 수 있었던가?' 라는

질문에 이제 나는 오직 두 사람만이 거기에 대답할 수

있다고 생각했다.

그것은 바로 네모 선장과 나.

바다를 바라보고 있는 내 가슴 속에 노틸러스 호와

네모 선장에 관한 추억이 파도처럼 밀려왔다.

세^계명^작 시리즈와 함께 논리·논술 **Level Up !**

● **이해 능력 Level Up!**

1. 일각돌고래의 설이 큰 논란을 일으키고 여론이 형성되자 일각돌고래를 잡기 위해 가장 먼저 출항했던 배의 이름은 무엇입니까?

    1) 노틸러스 호   2) 에이브러햄 링컨 호
    3) 스코티아 호   4) 선더랜드 호   5) 마르세유 호

2. 노틸러스 호는 어떤 힘으로 움직입니까?

    1) 바람   2) 증기
    3) 전기   4) 물   5) 석탄

3. 네모 선장이 발견한 수에즈 밑에서 시작해서 펠루즈 만으로 통하는 터널을 무엇이라고 불렀습니까?

> "우리는 아프리카를 돌아 희망봉을 지나지 않습니다. 제가 발견한
> 아라비아 터널을 지나 지중해로 갑니다. 아라비아 터널은 수에즈
> 밑에서 시작해서 펠루즈 만으로 통합니다."
> "홍해와 지중해를 연결하는 터널이 있다고요?"

    1) 아라비아 터널   2) 아프리카 터널
    3) 네모 터널   4) 태평양 터널   5) 펠루즈 터널

4. 페로 섬과 로포텐 섬 사이에서 생기는 소용돌이의 이름은 무엇인
   지 아래 글을 읽고 답하세요.

> 페로 섬과 로포텐 섬 사이에서 좁혀지는 물이 밀물 때 엄청난 기세
> 로 밀려든다는 사실은 이미 잘 알려져 있었다. 이 때 생기는 것이
> 바로 '바다의 배꼽'이라고 불리는 소용돌이였다.

   1) 비고 만   2) 멕시코 만
   3) 수에즈 통로   4) 바다의 배꼽   5) 크라켄

5. 아래 글을 읽고, 네모 선장이 아로낙스 교수 일행을 가장 먼저 해
   저 속으로 초대한 곳을 찾아보세요.

> 탁자 위에 편지가 한 통 놓여 있었다. 네모 선장이 보낸 초대장이었
> 다. 내일 크레스포 섬으로 사냥을 나가는데 우리들을 초대한다고
> 쓰여 있었다.

   1) 크레스포 섬   2) 진주 어장
   3) 아틀란티스   4) 바니코로 섬   5) 남극

6. 노틸러스 호를 구경시켜 주던 네모 선장은 누구에게 서재를 마음
   대로 사용할 수 있게 하였습니까?

   1) 콩세유   2) 동료 선원   3) 랑그르 선장
   4) 네드 랜드   5) 아로낙스 교수

7. 네모 선장이 석탄을 구하기 위해 찾은 곳은 어디입니까?

> "하지만 노틸러스 호는 정박장이 필요 없지 않습니까?"
> "그렇습니다, 교수님. 하지만 이 화산 내부는 석탄이 있는 탄광입니다. 저에게는 이 무궁무진한 석탄이 필요합니다."

    1) 바니코로 섬   2) 화산 내부

    3) 산호 왕국   4) 크레스포 섬   5) 벵갈 만

8. 바다 괴물의 정체는 무엇이었습니까?

    1) 암초   2) 보트

    3) 상어   4) 듀공   5) 잠수함

9. 실론 섬에서 진주 어장을 방문했을 때 상어의 공격을 받은 사람은 누구입니까?

> 가난한 인도 인 어부가 작은 진주를 건져 올리기 위해 나온 것이었다. (중략) 어부는 수면으로 올라가려 했지만 검은 그림자가 어부 위로 나타났다. 상어였다. 상어는 입을 벌리고 어부에게 다가가고 있었다.

    1) 네모 선장   2) 인도 인 어부

    3) 네드 랜드   4) 콩세유   5) 아로낙스 교수

10. 아로낙스 교수 일행이 처음으로 땅을 밟은 곳은 어디입니까?

    1) 토레스 섬   2) 구에보로아 섬

    3) 바니 섬   4) 산호초 섬   5) 실론 섬

11. 바니코로 섬에서 궤멸된 선단의 이름은 무엇입니까?

> "라 페루즈 선장의 군함은 우선 오스트레일리아의
> 보타니 만에 닻을 내리고 뉴칼레도니아
> 제도, 하파이 군도를 지나 거기서
> 바니코로 섬으로 갔습니다. 그리고 그 곳
> 암초에 걸려 좌초되고 말았습니다."

  1) 선더랜드 선단   2) 부솔 선단   3) 라 페루즈 선단

  4) 에이브러햄 링컨 선단   5) 방죄르 선단

12. 네드 랜드가 네모 선장의 허락을 받아 사냥한 것은 무엇입니까?

  1) 수염고래   2) 향유고래

  3) 듀공   4) 일각돌고래   5) 문어

13. 듀공을 닮은 그리스 신화에 나오는 반은 여자이고 반은 새의 모습을 하고 있는 바다의 요정을 무엇이라고 부릅니까?

  1) 듀공   2) 아르고노트

  3) 포세이돈   4) 세이렌   5) 커나르

14. 수염고래와 향유고래가 싸울 때 노틸러스 호는 어떤 고래를 구하기 위해 싸움에 나섰습니까? 아래 글을 읽고 답하세요.

> "저건 향유고래입니다. 사납고 해로운 무서운
> 짐승들이지요. 저 짐승들은 없애 버리는 것이
> 옳습니다."

1) 수염고래   2) 향유고래

3) 듀공   4) 돌고래   5) 진주조개

● **논리 능력 Level Up!**

1. 아로낙스 교수 일행이 구에보로아 섬에 사냥을 나가자 네드 랜드
   가 가장 좋아했습니다. 왜 그랬는지 아래 글을 읽고, 써 보세요.

> 네드 랜드는 기쁨을 억누르지 못했다.
> "이제 우린 마음껏 고기를 먹는 거야. 진짜 사냥을 하는 거지. 빵은
> 필요 없어. 생선이 싫다는 것이 아니라 그것만 먹어서는 안 된다는
> 얘기야. 이글거리는 잉걸불에 그을린 신선한 고기 한 조각이면 기
> 분 전환에 그만일 거야."

2. 구에보로아 섬에서 콩세유는 어떻게 극락조를 잡을 수 있었나요?

3. 토착민들 때문에 구에보로아 섬으로 사냥을 나가지 못하게 되자,
   아로낙스 교수는 바다에 그물을 던졌습니다. 그 그물 속에서 아로
   낙스 교수는 아주 귀한 것을 발견했습니다. 무엇이었나요?

> 한참 뒤 그물을 거두어들이자 전복과 피뿔고둥, 해삼과 진주대합,
> 거북 10여 마리 등이 올라왔다. 그 속에서 시선을 끄는 것이 하나 있
> 었는데, 그것은 기형적인 조개였다. 매우 값어치가 있는 것이었다.

4. 티모르 해를 지날 무렵 네모 선장은 아로낙스 교수에게 처음의 약
   속을 지켜 줄 것을 요구했습니다. 그 약속은 무엇이었습니까?

5. 네모 선장은 죽은 동료를 어디에 묻었습니까?

6. 노틸러스 호가 인도양의 바다를 달리고 있을 때 아로낙스 교수와
   콩세유는 옛 사람들이 행운을 약속해 준다고 하는 무엇을 보았습
   니까?

> 1월 25일, 바다는 더없이 황량했다. 오후 5시,
> 나는 콩세유와 함께 플랫폼에 앉아 있었다.
> 그 때 옛 사람들이 행운을 약속한다고 하는
> 아르고노트 무리를 보게 되었다.

7. 진주 어장에서 네모 선장은 아로낙스 교수에게 무엇을 보여 주고
   싶어했습니까?

8. 에스파냐 해안 가까운 곳에서 네드 랜드가 탈출 계획을 세웠습니다. 그런데 그 계획이 실패로 돌아갔습니다. 왜 그랬습니까?

9. 네모 선장이 아로낙스 교수만 초대한 해저 산책지는 어디입니까?

네모 선장이 보여 주고 싶었던 것은 바로
이 곳이었다. 도대체 여기가 어디인지 궁금해
무거운 구리 캡슐을 벗어던지고 싶었다.
그 때 네모 선장이 다가와 석회 조각 하나를
집어 들고 검은 현무암 위에 다음과 같은
낱말을 썼다. '아틀란티스.'

10. 네모 선장은 무엇 때문에 향유고래를 없애 버려도 좋다고 했습니까?

_____

_____

_____

11. 춘분일인 3월 21일, 네모 선장은 어떻게 남극임을 알 수 있었는지, 아래 글을 읽고 답하세요.

산봉우리에 도착한 네모 선장은 기압계를 사용하여 조심스럽게 고도를 측정했다. 태양이 황금빛 원반처럼 모습을 드러냈다. 관측용 망원경을 눈에 가까이 대고 천체를 관찰하고 있었다.
"만일 정오에 태양의 반쪽이 보이지 않는다면 이 곳은 남극이 확실합니다."

_____

_____

_____

_____

12. 5월 말 무렵부터 노틸러스 호는 하루 종일 무엇인가를 찾고 있었습니다. 그러다 바다 깊이 잠수를 했지요. 무엇을 찾고 있었을까요?

> 나는 네모 선장이 저 난파선을 찾고 있었다는 것을 알 수 있었다. 난파선을 보고 있는데 선장이 살롱으로 들어서며 느린 목소리로 말했다.
> "공화력 2년 영국 함대와 만났습니다. 그리고 돛대가 부러지고, 선창에 물이 들어오자 전투력을 상실한 그들은 항복하기보다는 승무원들과 함께 수장되는 길을 택했습니다. '공화국 만세' 라는 깃발을 걸어놓고 파도 속으로 사라졌습니다."
> "방죄르 호!"

13. 아로낙스 교수는 노틸러스 호에서 탈출하려 할 때 무엇인가 몸에 묶었습니다. 그것이 무엇입니까?

● 논술 능력 Level Up!

1. 현재 바다에 알 수 없는 괴물이 나타났다고 가정할 때, 어떤 방법
   으로 괴물의 정체를 밝혀 낼 수 있을까요?

2. 아래 글에서처럼 콩세유는 아로낙스 교수를 구하려고 바다에 뛰
   어들었습니다. 여러분도 위험을 무릅쓸 만큼 사랑하는 사람이 있
   습니까? 그 사람에 대해 이야기해 봅시다.

> "제 어깨에 기대십시오. 그러면 헤엄치시기가
> 한결 쉬울 것입니다."
> "자네도 그 충격에 바다로 내던져진 건가?"
> "아닙니다. 전 주인님을 모시기 위해 주인님
> 뒤를 따라 바다로 뛰어들었습니다."

3. 만약 노틸러스 호에 아로낙스 교수와 콩세유, 네드 랜드, 그리고
   여러분이 갇혔다면 여러분은 어떻게 행동했겠습니까? 아로낙스
   교수와 콩세유, 네드 랜드를 비교해 보며 이야기해 봅시다.

4. 바다 사나이 네모 선장은 어떤 사람입니까?

5. 만일 여러분이 노틸러스 호의 선장이 되어 어디든지 갈 수 있다면 어떨까요? 배를 타고 무엇을 할지 상상해서 써 보세요.

6. 네모 선장이 진주 어장을 방문했을 때 인도 인 어부 한 명을 보았습니다. 인도 인 어부는 가난한 생활 때문에 작은 진주라도 얻기 위해 나온 것입니다. 어부가 상어의 공격을 받게 되자 네모 선장은 어부를 구하려고 상어에게 덤벼들었습니다. 그런 위험한 일이 아니더라도 자신을 희생하여 주변의 누군가를 도와 준 일이 있습니까? 그것에 대해 이야기해 봅시다.

7. 네모 선장은 남극을 탐험한 후 북쪽으로 달리다 빙산 속에 갇히지만, 포기하지 않고 빙산과 싸웠습니다. 그리고 그 곳에서 무사히 빠져 나올 수 있었습니다. 그것은 그들이 포기하지 않았기 때문입니다. 여러분은 하고자 하는 무엇인가에서 잘 되지 않을 때 어떻게 행동했습니까? 그리고 그 결과 어떻게 되었습니까?

노틸러스 호는 충각을 세워 비스듬한 자세로 전속력을 다해 빙판을 공격했다. 그것은 몇 번 반복되었다. 그리고 결국 얼음을 깨부수고 수면 위로 올라왔다.

8. 바닷속에는 한 번도 보지 못한 여러 가지 생물이 살고 있습니다. 여러분이 직접 본 물고기나 해산물에 대해 적어 보세요.

 풀이

이해 능력 Level Up!

1. 2)   2. 3)   3. 1)   4. 4)   5. 1)

6. 5)   7. 2)   8. 5)   9. 2)   10. 2)

11. 3)   12. 3)   13. 4)   14. 1)

논리 능력 Level Up!

1. 오랜만에 육지 동물의 고기를 맛볼 수 있다고 생각했기 때문에

2. 육두구나무 밑에서 육두구에 취해 있는 극락조를 발견해서

3. 기형적인 조개

4. 예상치 못한 일이 생길 경우 몇 시간 또는 며칠 동안 선실에 가두
   겠다는 약속

5. 산호초 속의 공동묘지

6. 아르고노트(집낙지) 무리

7. 야자 열매만 한 큰 진주

8. 네모 선장이 가라앉은 금덩이를 가져오기 위해 그 시간에 비고 만
   에서 배를 멈추어서

9. 아틀란티스

10. 사납고 해로운 짐승이므로

11. 관측용 망원경으로 보아 정오에 태양의 반쪽이 보이지 않았으므로

12. 공화력 2년, 영국 함대와 싸워 난파한 방죄르 호의 선체

13. 자신의 연구 기록

논술 능력 Level Up!

1. 예시 : 인공위성에서 사진을 찍어 그 자료를 통해서 정체를 밝혀 보려고 한다든지, 첨단 장비를 이용해 해양 탐험을 해 볼 수 있을 것입니다. 그렇게 생물의 정체를 밝혀 낸 다음에는 그 생물을 실험실로 옮겨서 행동을 조심스럽게 관찰해 볼 것입니다.

2. 예시 : 나는 부모님과 동생을 무척 사랑합니다. 가족에 대한 사랑은 누구나 느끼는 것이겠지요. 그러므로 가족이 위험에 처했을 때 돕는 것은 아주 당연한 일이라고 생각합니다. 하지만 콩세유처럼 가족이 아닌 경우에도 소중한 목숨까지 내놓을 수 있을지는 잘 모르겠습니다.

3. 예시 : 아로낙스 교수는 학자다운 침착함을 보였고, 콩세유는 매우 긍정적인 '신의 뜻대로'라는 생각을 가지고 있습니다. 그리고 난폭한 성격의 네드 랜드는 몹시 화를 냈습니다. 네모 선장은 아무런 죄가 없는 사람을 해치거나 하는 사람이 아니었습니다. 그리고 가족을 잃은 가엾은 사람이기도 했습니다. 그의 가족은 될 수 없지만 그래도 네모 선장의 좋은 친구가 되어 아로낙스 교수 일행과 네모 선장 사이의 원만한 다리 역할을 할 것입니다.

4. 예시 : 바다와 동료를 사랑하며 가족을 잃은 마음의 상처가 있는 사람입니다. 강자가 약자를 괴롭히는 것을 참지 못하고, 가엾은 사람을 돌보아 주는 것이 몸에 배어 있습니다.

5. 예시 : 부산에서 출항한 노틸러스 호는 한국을 떠나 인도양, 대서양, 태평양을 거쳐 항해를 하면서 나라마다 들러 그 곳 어부들을 만나 볼 것입니다. 그리고 전 세계에 친구들을 만들겠습니다. 그렇게 항해를 하면서 무역을 배우다 보면 해상 무역의 일인자가 될 수도 있을 것입니다.

6. 예시 : 병원에도 미사를 드릴 수 있는 곳이 있습니다. 그런데 아프신 분들은 쉽게 갈 수 없습니다. 그래서 봉사를 나온 친구들과 함께 휠체어를 밀어 미사를 드릴 수 있는 강당까지 모셔다 드리고는 미사가 끝나자 다시 병실까지 휠체어를 밀어 드렸습니다.

7. 예시 : 나는 수영 선수입니다. 그런데 어느 순간부터 아무리 노력해도 실력이 늘지 않았습니다. 기록은 점점 떨어지고, 그야말로 슬럼프인지 실력이 없는 것인지 고민에 빠졌습니다. 나는 어머니께 수영을 그만두고 싶다고 말씀드리면서 혼날까 봐 걱정을 했습니다. 그러나 어머니는 웃으시며 정말 원하는 것이 무엇인지 잘 생각해 보라고 하셨습니다. 잠시 운동을 쉬고 나의 미래에 대해 생각해 본 결과, 가장 잘 할 수 있고 즐겁게 할 수 있는 일이 수영이라는 것을 깨달았습니다. 남은 것은 노력이었습니다. 나는 수영 코치 선생님과 상의를 하기로 했습니다. 그런 노력으로 수영 연습을 즐겁게 할 수 있게 되었고, 그 후 실력이 꾸준히 나아졌습니다.

8. 예시 : 오스트레일리아 그레이트 배리어 리프는 세상에서 가장 큰 산호초입니다. 지난 여름 방학 때 가족들과 그 곳으로 여행을 가서 수많은 바다 생물들을 보았습니다. 그 곳은 조그마한 산호초가 바다 위에 나와 있어 대륙의 방파제와 같은 역할을 한다는 설명을 들었습니다. 최근 들어 관광 시설이 많이 발달했다고 합니다.

북부의 케언스 부근에는 산호초에 열대 수족관을 만들어 해저에서 수중의 생태를 관찰할 수 있는 시설이 있었습니다. 다양한 열대 물고기들이 헤엄치고 있는 것을 보면서 외국에 있다는 것을 실감하게 되었고, 신비로움을 느꼈습니다.

그 이후 집으로 돌아와 열대어를 기르기 시작했습니다. 내가 가장 좋아하는 열대어는 네온 테트라입니다. 잉어목 카라신과의 열대어로, 원산지는 남아메리카의 아마존 강 상류라고 합니다. 몸 길이가 45밀리미터 정도 되며, 눈에서 꼬리까지 푸른색 선이 있습니다. 꼬리의 배 쪽은 짙은 홍색이 찬란하여 '네온'과 비슷하다고 해서 그런 이름이 붙었다고 합니다. 1936년에 프랑스의 M. 라보가 발견한 이후 전 세계에 보급된 관상어류입니다. 열대어 가운데 가장 많이 알려져 있지요. 튼튼해서 기르기도 쉬우며, 아름답고 성질이 매우 온화하여 작은 물고기와 함께 기를 수도 있답니다. 네온 테트라는 무리를 지어서 헤엄치는 습성이 있습니다. 이렇게 열대어를 기르면서 바다 생물에 대해 알아 가는 것이 정말 즐겁습니다.

초등권장도서 세계 명작 시리즈

※효리원 세계 명작 시리즈는 계속 발간됩니다!